U0133131

Original Japanese language edition
Ion Jinponsyugi no Seityoukeieitetugaku
by Tomokazu Toukai

Published by Sony Magazines Inc.
This Chinese version published by Science Press, Beijing
Under license from Sony Magazines Inc.

イオン　人本主義の成長経営哲学
東海友和　株式会社ソニー・マガジンズ　2009

著 者 简 介

东海友和

1946年出生于日本三重县津市。1984年进入株式会社冈田屋（即后来的佳世客JUSCO、现在的永旺AEON集团）。最初担任集团本部的教育课长，后历任信州佳世客人事部长、佳世客总公司人事课长、教育课长、地区本部总务部长、关联企业规划部长、店铺开发部长、经营督察等职务。2005年，担任财团法人冈田文化财团事务局兼美术馆运营负责人，现任株式会社东和咨询股份公司的董事长。

永旺：人本主义的零售神话

イオン
人本主義の成長経営哲学

从小杂货店到零售业巨头的巨变与成长

〔日〕**东海友和**/著
张婧 徐莹/译

科学出版社
北京

图字：01-2011-0913号

内容简介

从冈田屋、佳世客再到零售巨擘，永旺历经了将近三个世纪的风风雨雨和荣辱兴衰，从一家小小的杂货店成长为零售业巨头。它用成长、壮大历程上的每一个足迹浇注着自己的经营理念——人本主义。一手缔造了永旺集团帝国的小嶋千鹤子和亚洲超市之王冈田卓也，他们是如何用人、育人，如何精心构建了灵活而又牢固的企业组织，如何在逆境中克服困难、度过危机，这一切无不渗透着这一古老而又日久弥坚的东方哲学。在这个讲求“以人为本”的年代，“人本主义”又能在多大程度上激励自我、打造团队、成就事业呢？就让永旺的历史和成绩来回答吧。

本书适合各类企业经营者，致力于打造品牌、改善经营、勇于变革的企业管理者，以及经营管理类的读者和一般读者。

图书在版编目（CIP）数据

永旺：人本主义的零售神话/(日)东海友和著；张婧，徐莹译.—北京：科学出版社，2011.4
ISBN 978-7-03-030366-0

Ⅰ.永… Ⅱ.①东… ②张… ③徐… Ⅲ.①零售商业-连锁商店-商业经营-经验-日本 Ⅳ.①F733.134.2

中国版本图书馆CIP数据核字（2011）第028001号

责任编辑：唐 璐 赵丽艳 / 责任制作：董立颖 魏 谨
责任印制：赵德静 / 封面设计：柏拉图创意机构
北京东方科龙图文有限公司 制作
http://www.okbook.com.cn

科学出版社 出版
北京东黄城根北街16号
邮政编码：100717
http://www.sciencep.com

中国科学院印刷厂 印刷
科学出版社发行 各地新华书店经销

*

2011年3月第 一 版 开本：B5（720×1000）
2011年3月第一次印刷 印张：11
印数：1—5 000 字数：200 000

定价：29.80元

目　录

第 1 章
小嶋千鹤子其人

1 生长在剧变期

小嶋千鹤子是永旺股份有限公司名誉会长——冈田卓也的姐姐，同时也是现任永旺股份有限公司董事兼执行经理——冈田元也的伯母。她年纪轻轻就继承了家业，23岁担任冈田屋和服店董事长，打定现在永旺的基础。到60岁退休为止，她一直支持永旺集团，退休后也继续担任监护人，守护着公司。

小嶋千鹤子（当时名叫冈田千鹤子），冈田家次女，1916年出生在三重县四日市冈田屋和服店。冈田家本是武士，1758年抛弃其武士身份，在四日市开始经商，创立了冈田屋和服店。

小嶋刚出生的那几年，无论是世界还是日本都处在剧变期：1914年第一次世界大战爆发、1917年俄国革命、1918年世界大战结束、西伯利亚出兵、日本“米骚动”……

她5岁时，日本浅间火山喷发、原敬首相被暗杀；10岁时，昭和天皇即位；13岁时，NYC[1]股票市场大跌、金融危机开始；15岁时，“九一八”事变；16岁时，伪“满洲国”建立，同年日本“五一五”政变[2]；17岁时，德国希特勒政权诞生；20岁时，日本“二二六”事件[3]……在小嶋20岁之前，世界和日本动荡不安。这20年持续不断的战争、天灾人祸、经济混乱导致社会极度不安定，真可谓是剧变的20年。

冈田家代代经营着和服屋，到了小嶋的祖父——惣右卫门是第5代。冈田家是个大家庭，生活着8个人，其中包括：父亲——惣一郎、母亲——田鹤、长女——嘉津子、次女——千鹤子、三女——稔子、四女——绿子、长子——卓也以及祖父。

1920年虽然日本股市暴跌，在祖父的坐镇指挥下，和服屋还是

1) 即纽约股票交易所。——译者
2) 日本历史事件，1932年5月15日以海军少壮军人为主举行的法西斯政变。——译者
3) 日本历史事件，1936年2月26日在日本发生的1483名陆军青年官兵反叛的事件。——译者

赚了25万日元的巨额利润。使用这笔资金，1926年冈田屋和服店改名为冈田屋和服店股份有限公司，并于同年实行公私分离政策，经营方式也由复式记账法改为会计账簿。另外，从1893年开始冈田屋和服店就引进了就业规则和工资体系，其超前性很是令人吃惊。

1925年冈田家的长男——冈田卓也出生。不过，两年后的1927年父亲惣一郎却因心脏病去世，享年43岁，留下了33岁的母亲和5个子女，当时千鹤子11岁，卓也仅有2岁。这难不成是因为盼到了儿子终于可以安心了吗？可是，这也意味着冈田屋和服店股份有限公司失去了董事长。

这一年日本丹后地震、金融危机相继发生。

世界经济危机也随之开始了。和现在的经营失败如出一辙，很多公司相继破产、银行难以为继、失业者挤满了大街。

失去顶梁柱的冈田家，只能依靠母亲田鹤柔弱的肩膀支撑和服屋的经营管理，由于太辛苦，不久她也病倒了，依靠疗养维系生命，可最终也于1935年一去不复返。在田鹤疗养期间，长女嘉津子开始代替母亲管理店面，接管经营业务。可1938年四日市遭洪水淹，疲于灾后的重建工作，嘉津子也于1939年去世。

后来四日市的商业开始朝向区域合作发展，在其鼎盛期间，东洋纺织的盐田工厂在此落成。与此同时，世界范围内风波不断，德国入侵波兰、英法对德宣战，第二次世界大战开战迫在眉睫。这一年千鹤子仅23岁。

2 肩负的使命

千鹤子在年仅23岁的时候，就失去了家庭四大支柱：祖父、父亲、母亲和姐姐。从此冈田家只剩千鹤子、两个妹妹、卓也4个人，其中千鹤子为户主。已经长大成人的千鹤子必须承担母亲的职责，同时她还需要在两周内完成董事长接任的登记工作，担任冈田屋和服店股份有限公司的董事长。这对从前无忧无虑、专心学习茶道和插花、准备嫁人的千鹤子来说无异于晴天霹雳。

一天，我与千鹤子一起散步时，她突然说："这条路我学插花的时候经常走。"这时的她肯定是回忆起了从前的自己，当时多好，自由自在、不用承担任何责任。而此时此刻，她说出这话也是自然而然。

据说千鹤子小时后很活泼，当时大家都叫她"小千"，不过她自己却把"千"字去掉，自己叫自己"小小"，很有趣的一个孩子吧。她和姐姐嘉津子一样，遗传了家族的优秀血统，在班上一直是第一名。了解千鹤子小时候的人会笑着说："小千不仅头脑聪明，跑得也很快，总是像风一样，'嗖'地一下就不见踪影了。"可能从这时候起，她就讨厌失败，事事要争第一了吧。听说上女校的时候，她从不化妆、不喜欢和服却喜欢洋装，嗜书如命，连无产阶级文学也拿来读。

由此看来，小嶋真是又会学习，又擅长体育，同时还是个浪漫主义者。

她作为冈田家的老大，接过了父母的责任，担当起了经营公司的重大职责。

就任社长的千鹤子当时有个名叫小嶋三郎一的未婚夫，不过她为了"等到卓也长大成人"，决定拖延婚礼。

冈田屋从父辈时起，就一直实行“掌柜经营制”。小嶋刚接任社长的时候也严格遵守这一制度。她边看边学，以不服输的精神、勤勉的态度不断吸取知识，很快就掌握了经营技巧。其速度之快，令这些掌柜们也惊异不已。

1940年，日本开始实施计划经济，第二次世界大战中日本与美国交战的那一年卓也刚上高中二年级。此时，正是服装、布料等票证制度开始实行的时期，零售业也受管制，再加上男子征兵制，冈田屋这个大店也只剩下小嶋、几名老年男子、两个女人寥寥数人而已。

1943年，卓也进入早稻田大学，与父亲就读同一所大学。1945年，卓也进入33连队服兵役。同年6月份四日市空袭开始，在数次空袭下，四日市化作一片焦土……

3 祖先的遗产

2008年10月，四日市举行110周年庆典活动，冈田卓也以“我爱四日市”为题目，参加了演讲会，他讲道：“我首先来讲一下四日市的风土，江户时代四日市是天子领地，因驿站、商业而繁荣。这个城市虽然不受保护，可也不被干涉，可以称之为自由之城。”

“我家在第二次世界大战中几乎丧失了所有财产，剩下的只有一座土墙仓库和父亲惣一郎的日记以及冈田家家训。”

“从这些记载中我了解到了冈田家采取近代经营方式的历史，我的祖父惣右卫门——冈田家第5代继承人思想超前，在1926年我1岁时，他就把冈田屋和服店上市，变为股份有限公司，并导入复式记账法，实施公私分离策略。另外，在家训中我还了解到我父亲惣一郎的进取精神和他的梦想。家训上写道“涨价不赚钱，跌价要赚钱”、“给顶梁柱装上车轮”等训话，这些都被佳世客[1)]（JUSCO）、永旺所继承。1920年股市暴跌之际祖父采取的应对措施、从中获得的经验教训以及当时赚取的利润都成为1926年冈田屋和服店股份有限公司的宝贵财产。”

卓也认为这些就是祖辈们留下的遗产。

从1945年6月开始，频繁的空袭把四日市烧成灰烬，同时烧毁的还有几乎所有的店铺和商品。

当时，千鹤子在帮冈田家发传单，回收顾客在冈田屋购买的没来得及使用的商品券，并给大家兑换成现金。其实当时大可不必这么做，因为摧毁一切的空袭并不是冈田屋的过错，即使冈田家不作任何举动，大家也不会有什么怨言，可冈田屋确实这么做了。如此一来，冈田屋的信誉以及千鹤子的名字一时间声名鹊起。其实这么

1) 又称“吉之島”。——译者

做正是对祖先遗训的实践。

从战争结束到重建店铺为止，冈田屋不得已暂时发钱解雇了伙计。1945年10月，卓也从战场归来，开始商量重建店铺的事宜。同年12月，占地40坪[1)]的新店落成。

其实当时，小嶋曾经对“Paramita Museum”的一名店员提到过建店的事情，她说：“当时虽然想重建，却没有木材，我们这找那找，最终在很远很远的地方找到了，可还得用拖车去拉，特别沉……”

1946年3月份店铺正式开业，6月卓也担任董事长，当时他还是学生，也可以称他为“学生董事长”，这一年日本由于通货膨胀开始发行新日元，不过千鹤子早已把公司的现钱全部兑换成了商品。这一英明举措得益于她平时积累起来的大量知识，因为她从书了解到第一次世界大战后德国出现了通货膨胀现象，所以预料到日本可能也会出现同样的情况。7月冈田家新店开业的时候，散发了名为“打破焦土”的宣传单，市民们喜极而泣，因为他们从中看到了和平的影子。

---

1) 土地面积单位，1坪=3.305785m^2。——译者

4 与弟弟齐心协力

1948年，冈田卓也从早稻田大学毕业，正式开始担任冈田屋总经理一职，放手干事业。他和千鹤子两人从早到晚辛勤劳作，不知疲惫。听说当时两人还是镇上最受好评的年轻人呢。1949年他们把店铺移到了诹访新道。

“转移店铺”也正是对“给顶梁柱装上车轮”这句话的实践。1950年冈田卓也结婚，几乎同一时期，千鹤子也与小嶋三郎一完婚，至此她终于完成了因等待弟弟长大成人而延期的婚礼，结束单身生活。

至此，冈田千鹤子堂堂正正地更名为小嶋千鹤子。由于前文没有介绍小嶋三郎一，接下来我准备引用陈列在“Paramita Museum”常设展览室中、介绍小嶋三郎一的一段文字来为大家做一个具体介绍。

“小嶋三郎一于1908年出生在三重县松阪市，生性恬淡，喜爱描画身边的事物以及旅地风景。早年，他以独立美术协会为活动中心，在文部省美术展览会、联合展上不断发表作品，不过自从其恩师须田国太郎逝世之后，他就停止了在独立美术协会中的活动，转向个人展，专注于自身的创作活动。虽然小嶋从30岁开始才从师于须田大师，对大师却是十分信任。战后，小嶋开始创作立体画，招来独立美术协会成员的一片骂声，只有须田大师一人认可这种画风，评价说不错，对此，小嶋很是感激，对须田的信任进一步加深。另外，小嶋与同时期作家、雕刻家山口牧生也相交甚好，据说山口晚年的最大愿望就是在小嶋的展览室中展示自己的作品：“哪怕一件也好”。基于这个愿望，山口的作品与小嶋的作品同时展出。小嶋终其一生致力于西洋画创作，1997年11月16日，他于名古屋清水画廊举办个人作品展之后第3天，安静地离开了人世，享年90岁，“Paramita

Museum”精选小嶋三郎一季节性强的作品，常年四季交替陈列展览。

文字虽短，却精确概括了小嶋三郎一的一生。千鹤子评价说他是个“谦虚、可以信赖、值得尊敬”的人。小嶋三郎一晚年生病时，千鹤子仔细看护，为其康复花费了大量时间和精力。

婚后，千鹤子曾一度退出冈田屋的经营管理工作，在大阪住吉区经营书店，这段时间，她被夫君、被嗜爱的书籍所包围，体味着美妙的新婚生活。三郎一喜爱奈良大佛，于是丈夫开着摩托车，她坐在后座，一同奔向兴福寺拜佛。其实千鹤子不太谈私事，对此事，她却津津乐道。千鹤子一直工作到60岁，与夫君单独相处的日子短暂而充实。其间，她也不忘与卓也联系，时刻关注公司，经过一段时间，小嶋重返经营战场，此时她不再从事实际经营业务，只担当辅助卓也的任务。员工得知后，很是震惊，纷纷奔走相告“小千归来”的消息，从这里可以看出大家对她还是心存畏惧的。1958年，冈田屋把店铺转移到四日市地铁站前，从此，冈田屋开始以连锁店的形式重拳出击。

所有兄弟姐妹中，卓也与千鹤子很相像，都不服输、热爱学习、爱好新鲜事物、革新性强、实践性强、警戒心强、朴素。其中，在“对人感兴趣”这一点上姐弟俩最像，他们都喜欢与人打交道、度量大、善于用各种各样的人。

千鹤子是理论派，卓也是现实派，两人经常争吵，不过最后总有一方会主动退出、达成和解，直到现在两人还是这样。对此，小嶋三郎一评价说：“因为阿卓是个俗人。”这句话绝不是揶揄，而是对他直面现实品性的褒赏。成长型企业中必有两个冤家，边唱反调，边互相帮助，比如索尼的井深与盛田，本田的宗一郎与藤泽，而在冈田屋，就是千鹤子与卓也了。

1970年佳世客成立。当时千鹤子54岁，开始专门负责人事、组织制度的管理工作，直到60岁退休。这6年中，她确立了佳世客的人事制度，奠定了永旺的基础。

第 2 章
生活方式的标尺

1 长期性、多角度看问题本质

演讲会上，小嶋经常谈起她看问题的三原则。

第一，看问题要看本质。同样一个问题，看表面与看本质会有根本差异，看法不同，结果可能完全相反。此时，需要从根源上看问题，把握问题的本质。

第二，看问题要长远。同样一个问题，只顾眼前与兼顾长远会有根本差异，只顾眼前可能导致判断错误，所以还是兼顾长远为宜。

第三，多角度看问题。看问题只看一面与多角度、全面看问题会有根本差异，此时，需要多角度看问题。

希望大家在遇到问题时，能以此三个原则为基础分析处理。

后来，与小嶋一起工作的时候，我常常感觉到她是个“同时踩加速器与刹车器的人”，好像她有时也搞不清楚是前进好，还是停止好。比如，商讨策划美术展时，如果找知名度高的作家参与，肯定能带来一大批顾客，可小嶋却说：“这样也好，不过却不能保证招来客户的质量。”这样，对一个观点，她经常从反面提出问题，别扭大家一下，可讨论起来，其观点的客观性却为公司打开了一扇通往成功的门。

或许提出“反面问题”也是小嶋在佳世客任职时代扮演的角色之一吧。

如果在领导周围都是一批好好先生，只会点头说是，则企业会陷入危险境地。所以为了企业的发展，小嶋自己扮演黑脸角色，提出一系列问题，比如：“还有更好的方法吗？判断是否过于乐观？从根本上来看会怎样？长远看会怎样？多角度看会怎样？”等等，她总是以长期学习积累起来的“理想主义”、“完美主义”看待发生的问题。

从以上三点来看小嶋制定的人事制度非常恰当。其实，制定人事制度时需着眼于“人”，且以企业的长期发展为目标，另外，由于人事制度只有与其他制度联动才能发挥机能，所以制定人事制度时需进行多方讨论。

还有一点，做企业不能被“热潮、潮流”左右，不能因为今天流行成果主义[1]，就立刻引入成果主义；明天流行公司制，就赶紧引入公司制。

小嶋从长远的眼光预测到“退休金制度”终有一天会破产，所以她把员工工资当做作毕生薪金[2]、重新讨论养老金以及分红等问题，她认为如果按照之前的退休金制度（工作年数所对应的系数乘以工资）支付养老金的话，公司不久就会难以承担，因为从公司职员的“年龄构成”来看，这点不言而喻。因此，经过讨论，冈田屋决定导入公司、个人各出资一部分的基金制度。

除此之外，小嶋还预见到了工会的去向，她认为，工会迟早会走向“劳动贵族化”、“休闲化”、“政治化”以及“无力化”的末路。那到了这个时候，“人事管理”应该何去何从呢？我们都拭目以待。

---

1) 企业不是根据员工的工作年数，而是根据个人业绩成果，决定报酬和升迁的制度。——译者

2) 日语为“生涯賃金”，指劳动者终其一生通过工作得到的工资总额，包括工资、奖金、退休金等。——译者

2 纵向的知、横向的情

评价小嶋时，人们往往会说她是“女杰”、“巾帼”、“独裁者”，所有的这些称呼听起来都很对，可细想又不太对。其实，纵向来看，小嶋理智、逻辑清晰、知识丰富、客观；而横向来看，她又感情丰富、直观、感性，这两条线自然、不经意地纵横交织、绵密厚实，在她的性格里面都有强烈的体现，这预示着她性格严肃、从不妥协。也许正是这个原因吧，有些人觉得她给人一种压迫感，不容易亲近。

其实如果一个人只有横线，会走向博学家、评论家、教育家的道路，而只有纵线的话，又可能变成绝对宗教主义者或者脾气倔强的人。

纵线的知识来源于大量的学习，读书家尤其如此，说他们整天“埋首故纸堆”也不为过。小嶋也是如此，她在三重县菰野町的家中，由于书太多，木制书房经受不住，只好改用混凝土加固。前面说过，战后曾有一段时间，小嶋从公司经营一线引退，担任督察一职。这段时间，小嶋其实是在大阪经营书店，其动机之一就是“想读书”。这样说起来，她的一生也算是埋首书籍的一生了。了解这些事情，或许你面对她的两个必问问题“有什么问题吗？”“现在你在学什么？在读什么书？”时，就不会太惊讶了。

小嶋经常在包里放上两三本书，不管在公司里还是公司外、不管多大年龄的人，只要让她碰上，她都自然而然地送人书，说：“你读读这本书看。”

小嶋二十多岁时，得到神户大学经营学权威平井泰太郎的垂爱。当时她非常努力，不懂就问，不问出个究竟来决不罢休。而这或许就是交织在她体内的“横向的情”的体现吧？

说到横向的情，其实除了先天的性格，后天的因素更重要。比如，从本人承担的职务中产生的责任感、看透事物本质的慧眼、把经验提升到直觉的升华力等。而不断经历失败和成功才能培养对人的敏锐观察力和洞察力。在我看来，小嶋的感觉很准，一眼就能看穿访客的用意。

总之，她是个善于平衡纵与横线的人，喜欢学以致用，而且喜欢把致用的东西贯彻到全体员工中，正如她所说的那样："不能学以致用的知识不是知识"。她不会口出狂言，做事情也不会虎头蛇尾，对于公司的经营来说，这都是千金不换的财富。

3 讨厌官场

商贾世家出身的小嶋非常讨厌官场，弟弟冈田卓也也一样，或许是遗传的原因吧。商业本质上追求自由平等，而官僚的掺入，肯定会打破商业平衡。虽说如此，在小嶋的成长过程中，商业环境却不怎么自由平等。当时，战争即将结束，处在统治经济时期，不能自由地进行商品交易。战后，虽然商业多少获得了些自由，可仍旧受百货店法的制约，冈田屋在大店优势的管制下，经营艰难，所以小嶋特别讨厌"政治"、"政商"，认为官场的理论与商业理论是风马牛不相及的。

她自始至终坚守这一理念。晚年，小嶋投资建立了美术馆。其实，她本可以把美术馆法人化或者公益法人化，不过她仅仅把美术馆当做个人事业来经营，不与政治挂钩，也不实行股份制，即便因此在税制方面不能享受公益法人的优惠政策。

问到她为何这么做时，她说，我选择自由，与其被官场束缚，不如做些自己真正想做的、能做的事情。

不过，讨厌官场的小嶋却做了一件让人大跌眼镜的事情，她任用了官僚——原通商产业省官僚，林信太郎（佳世客的副会长，2008年去世）。林信太郎到佳世客工作并不是硬性指派，反而是佳世客方面在积极争取。之前林信太郎在佳世客大学担任过讲师，算是有些缘分，这个人比较奇特，一句话来概括，就是"具有反抗精神的士子"。

林信太郎在担任通商产业省立地公害局长时，完全不称职，甚至可以说他都对不起自己的肩章。于是，某天，他去机关时，发现自己的桌子已经被撤掉了，即便如此，这个奇特的人还是每天去上班。如此之人，难怪小嶋和冈田对他情有独钟。

由于林信太郎身份特殊，任用之际，政府机关人事方面会要求提交各种各样的资料，数目庞大且繁琐。对一般公司来说，估计早已望而生畏，可佳世客却一一打点清楚，并且委以他副会长的优厚待遇。

还有一件事情，是我担任近畿地区总务部长时发生的一件大事。当时商业方面出现了一些问题，大阪府工商部上报给了通商产业省，虽然我们公司不存在这些问题，政府还是始终坚持“一网打尽”的政策，公司情势紧急。于是我就去和担任常勤督察一职的小嶋商量对策，结果她怒了，批评我说：“东海，你这么软弱，怎么办？不管他是工商部长还是大阪知事，你必须让他看到我们私营企业的不易。没做过就是没做过，没什么可怕的！”

之后，我按照小嶋的指示，见工商部长时，一口回绝了他们的不合理要求。这虽然只是一个小小的例子，可也反映了小嶋面对官场，坚决不退让的性格。

4 具有目标、计划

对于企业经营来说，目标性、计划性必不可少。不过，小嶋说，人生也必须制定目标、计划。这与建房子是一样的，什么时候建成、建成什么样的，都必须有个目标，然后为了实现目标，去制定相应的计划，而且计划越详细越好，如果能明确具体的手段、方法那就更好了。比如说，资金从何处来、房子有多大、建成日式的还是西洋式的、房间布局做成什么样、放什么家具等。小嶋解释说："计划要能落实到行动层面上才可以。人生也是如此，没有目标、计划就不能觉醒，没有觉醒就没有反思、修正。这样只能度过散乱无章、过一天算一天的一生了。

小嶋说，成功的实业家总是能清晰描绘出自己达成目标、成功之后的样子。她还说，成功的演员总是能看到自己在荧屏上的特写。小嶋已经把自己的目标和梦想可视化了。

小嶋60岁从佳世客退休，担任督察一职，几年后完全退休。之后大概十年的时间内，她经常应各地商工会议所、各种团体的邀请进行演讲，还主持了一个女性管理者学习会，培养经营人员。再下个十年，她的兴趣开始转移到生活方面，沉醉在陶艺之中。她还为自己的陶艺生活订了目标：制作3000个茶碗。最后她实现了这一目标，不光数目上达到了，工艺水平也比较高超。她制作陶艺的方法与其他人不同，先从研究"土"开始，然后研究"釉"、研究"窑的温度"、研究"形状与技术"，还到各个产地参观学习，把中意的作品买来研究模仿。她拥有的关于陶艺方面的书，更是多得惊人，简直可以称为小型陶艺类图书馆了。听听曾经教小嶋陶艺的陶艺家们怎么说吧："我已经没有什么可教你了，小嶋你就按自己的想法做吧。"总之，小嶋的作品极具个性，非常有魅力。

小嶋好像是看到英国陶艺家露西·里尔[1)]的一幅作品、被其灵魂所震撼之后，才产生了学陶艺的想法。她完成3000件作品之后的另一个目标是，创办个人美术馆，美术馆于2003年3月开馆，正好是她退休后第10个年头，她又一次实现了自己设定给自己的目标。

开馆几天后，她对美术馆全体职员说："为了这个美术馆能顺利开馆，我首先给自己设定一个目标、然后制订具体计划，并考虑达成目标的手段，如果觉得自己欠缺哪些方面的知识，就赶紧去补，得益于此，我才实现了自己的心愿。"她还笑着说："这样，我唯一剩下没做的事情大概就是死了吧。"

有时候，她专门找未婚女职员，问她们："打算几岁结婚"、"有没有存款"，并给她们讲解目标的重要性。甚至，对来美术馆参观的老年人，她也会询问："您制订今年的目标了吗？"

1）露西·里尔（Lucie Rie,1902～1995），出生于维也纳，活跃在伦敦，是20世纪具有代表性的一位陶艺家。——译者

5 教育才是最大的福祉

小嶋给予员工的最大、终极性福祉是开发他们的能力。

小嶋说："只有提升个人能力，才能拿到相应的报酬、只有具备应变社会变化的能力，才能生存下去、只有个人有能力才能确保其找到工作。"

她还经常说："我希望大家学到的能力不光能用在佳世客，还能用在同业界的其他公司中，甚至不同业界中。"

这是全社会共同的道理。每个人的职业、社会安定性、存款、健康等都因教育不同而不同。只要身处等级社会中，每个人都适用这个规律。

其实应对贫困，其根本在于教育，教育能够改变职业。战后，什么发生根本性变化了呢？是升学率和学历。孩子在家长的敦促下努力学习，学历水平不断提高，这样孩子从事的职业与家长的职业就会完全不同。另外，贫困问题也不像战前那么绝对了，最近虽然出现了由政治导致的新的贫困阶层，这个问题我想以后有机会再细说。教育水平高的人，可以有余钱存款，他们对健康的关注度也高。其实，纵观世界，发展中国家存在的诸多问题，比如：经济水平低、犯罪率高、患病率高等，大多数与教育水平低相关联。

佳世客有个合并公司——二木，它的创始人是二木一一，在一次演讲会上，小嶋讲述了他的故事。

"二木先生是现任社长——二木英德的父亲，我们曾经一起探讨过有关日本零售业的未来以及佳世客的未来，现在这些都在慢慢实现。他还曾经给我讲过他自己的故事。二木先生刚出生200天，父亲就去世了，只留给母亲6个孩子，母亲为了生计，只好去山上从事开石工作，非常辛苦。二木先生当时还只是个吃奶的孩子，没人照顾，在仓库中独自慢慢长大。甚至一直到了上小学，他也从来没有见过母亲休息。母亲总是在自己刚睁开眼的时候就起床工作，晚上十一点多，自己上床睡觉的时候，母亲还在做针线活。二木先生从小学五年级就开始送报纸，补贴家用。小学毕业后，他住进井口报纸店，通过阅读报纸识得了许多文字。当时他的报酬是每月15日元，除了拿出两三日元用作零花钱之外，其余都存起来，因为他有自己的梦想。25岁那年，二木先生结婚了，不过一如往常，新婚第二天他一大早又去送报纸。据说，新娘白天根本看不到他的影子，有时候活紧，他大半夜两点半也会爬起来。就这样日复一日的辛勤工作，到了1927年他终于攒够了钱，开了一家13坪的小店，逐渐才有了今天的规模。二木先生十分重视子女的教育，两个儿子进了东京大学，一个女儿进了学习院大学。其中一个儿子毕业后进入银行工作，他就是今天的社长英德。虽然二木先生经历了战争、出征等许多难以形容的苦难，可他一直坚持自学，写文章很有文采，也会说话，是个很聪明的人。另外，他性格亲切，完全没有因苦难而造成性格扭曲。”

讲完故事后，小嶋再次认真地强调教育的重要性：“教育改变人生，也改变生活方式。”

6 人是会变的

一般来说，“工作造就人”、“处境改变人”，实际上人的性格也是会改变的，这点不知大家知不知道？早稻田大学的本明宽名誉教授说过，在人类的性格中，隐藏着一个最本质的内容——“气质”，这个气质与生俱来，很难改变。气质外侧包围着一个被称作“一般性格”的东西，就是我们平常所说的性格，比如“积极”、“开朗”等，这个性格相对容易改变。一般性格还被称为“职务性格”或者“职业性格”，就是说自己担当的职务、所处的环境、从事的职业会影响到自己的性格。此外，性格的外侧影响并改变内侧。所以如果工作了，最好就把自己的性格调节到适合工作的状态，而不是一味地抱怨“我真没用”、“这个工作不适合我”等。

确实有这样的例子，有些人学生时代胆小懦弱，可走向社会从事营业工作时，性格却发生了180度的大转弯，最终成了顶级销售人员。还有就是，一般来说女子很柔弱，可为人之母后性格却强硬起来。所以根据性格、举止选择职业有一定的道理，而不同职业也需要不同性格的人，比如银行家、铁道工作人员、教师、商人、警察、官员等。有时候通过看一个人的性格，也能判断出这个人是社长、管理者还是普通职员。

我和小嶋一起出差时，素不相识的人会问她是不是“学校的理事长”、“教育家”、“教主”，其实这些猜测都很符合她。

而我在百货店购物的时候，却经常会被其他顾客问“女装在哪里？”、“厕所在哪里？”之类的问题，有时候店员也会跟我打招呼，看来我有的是百货店“气质”。

其实，自己改变的时候，会发现周围也跟着变了。1976年，小嶋约我去大阪中之岛参加住友集团主办的一次集会。其成员可都是响当当的人物，有住友家的住友义辉、美子夫妇，还有原近畿日本铁道辻井专务等数十人。集会的主要内容是有关MRA（在Frank Bookman博士的提倡下成立的世界性组织，是Moral Re-armment的简称，2001年此组织改名为I・C、即Initiative of Change），它提倡扔掉武器、利用道德改变自己、改变周围、改变社会、改变国家、最终改变世界、实现和平。

人都不愿意改变自己，而喜欢去改变别人。可其实在要求别人的时候，必须自己首先做出改变才行。只有接纳自己，才能更好地接纳别人，这是一种“相互接纳”。

7 自立、自律、自身的责任

“自立”一方面是指职业上的独立，另一方面是指精神上的自立，还有一方面是指学成独立。

小嶋、冈田回忆说，冈田屋时代，公司有种OMC（Okadaya Management College）制度，面向高中毕业的男孩子招生，提供相当于大学基础课程水平的教育。其教师阵容也很规整，包括神户大学的平井教授（经营学）、名古屋大学的真下教授（哲学）等。教学目的在于通过让学生学习拓宽其思考范围、让学生掌握知识增强其自信，最终培养他们成为一名合格、自立的社会人。

“自律”是指自己控制自己的能力，通过自律一个人可以掌握鉴别好坏的能力、不为外力左右、自发进行创造性活动。如果没有自律性的话，说明这人尚未长大，仍是孩子。自律要求一个人具有知性、基础教育知识、常识。前面说到的OMC，其目标之一就是培养学生的自律能力。所以，小嶋说：“教育的目的在于培养具有常识的人。”

一个人能做到“自立”和“自律”，那肯定能承担得起“自身的责任”，这不单单是道德问题。自身责任意识是指主人翁意识，只有每个员工都从主人翁的角度思考问题，探讨对策，这个公司才能不断发展壮大。昔日，有句讽刺劳动工会活动的话，说：“业绩上升，是我们努力的结果，那就给我们提高工资；业绩下降，是管理者的责任，与我们无关，那就把工资给我们。”

现代社会是一个“责任在他人”的社会，大家都爱追究别人的错误，总在抱怨上司不好、部下不好、周围环境不好，甚至抱怨国家不好。其实，并不是社会、公司不好，而是一个人自身生活方式的问题。

8 幸与福的平衡

1995年5月，小嶋在演讲会上以“创造幸福生活”为题目进行演讲，她说：“幸福是什么？东芝机械的会长河原先生之前曾给我推荐了本他写的书，书名叫《河原的幸福论》。其中他写道，幸是精神方面的幸福、福是社会方面的幸福，缺少任何一个，幸福度都会减少。如果幸福度为10的话，幸与福的比例是5：5为宜。比如说5×5=25，如果是4×6=24的话，总量就减少了。另外，如果一方为0的话，10×0=0，那幸福就不会存在了。这些我都铭记在心，只有平衡幸与福的比例，成绩才能最大，才能最幸福。”

接下来，她说：“我决定做个追梦人，追求梦想，终其此生。我出生在和服店，自己不具备任何谋生手段，承蒙祖先的余德才得以苟延残喘。战后日本动荡不安，为了生存，我决定合并企业，重新创立人事管理、组织、制度，这些经历才使我变成一个独立的个人，从此依靠自己的力量生存。”

另外，在其他演讲会上，小嶋还说：“我也只是个地方出身的小零售商，通过大量学习，在人事管理方面才稍具信心，也一直为了完成工作而拼命努力。我选择从小城市的零售商变为拥有专门技术的专业管理者，这是一个知识积累的过程，只有积累到一定的量，收入才可能增加，我的收入可以说是拼命努力后得到的相应技术补偿。”

小嶋在人生、工作方面取得的成功可以说源自于她的“心态”，“心态”分为很多种，比如认真、正直、勤勉等。一个人如果想在物质方面取得成功、在精神方面收获满足感，都需要树立自己明确的目标，并有计划、分步骤贯彻执行。另外，在成长中获取的经验，也可以给本人带来深刻的满足感。

在演讲的最后，小嶋总结说：“为了发挥潜力，必须有效利用时间和资本。其中如何运行在教育投资的时间和费用，决定着一个人的将来。教育是最高的投资，成功的人总是那些不忘学习的人。”

第 3 章

促进经济增长的标尺

1 危机正是机遇所在、GMS的解体

2008年8月，永旺转型为纯控股公司。永旺股份有限公司成为控股公司，而以大型综合超市（General Merchandise Store，简称GMS）为主的佳世客成为永旺零售股份有限公司。其旗下拥有11个产业，涉及150家集团公司，全年营业总收益超过5万亿日元。与此同时，永旺将过去的产业扩张路线转变为收益重视路线，具体表现为宣布对125家GMS实行关闭和业态转型。这个数量占永旺的营业主力GMS总数（437家）的四分之一。

20世纪50年代后半期以后，经济高度增长，大量生产、大量消费和大量流通随之而来。作为流通的旗手——GMS以遍布各地的食品超市、服装店（引进了美国超市模式的店铺）等形式得到了持续的发展。它采用了Line Robbing商品综合化战略路线，将顾客定位于具有旺盛消费力的中产阶级家庭，以一站式购物功能为卖点发展至今。但令人遗憾的是，从很久以前开始服装业就持续低迷，而且作为主要顾客的中产阶级的年龄不断增大，再加上少子化问题的加剧，过去的主要顾客现在已不复存在了。另外，新业态、品种杀手及专门特定化的专卖店的出现使竞争激烈化，且由立地[1)]变化引起的商业圈缩小问题不断加剧，GMS的销售额不断减少、收益能力不断降低。最近，购物中心里的GMS倒没出现太大的问题，但单独立地的GMS却衰退得十分明显。随着时间的推移，立地变化和竞争慢慢侵蚀着GMS。永旺的冈田名誉会长在20年前就不断发出指令：“GMS迟早会消失的，赶快废了它吧。”从某种意义上说，这次决断有些姗姗来迟。前段时间，永旺对新业态进行了探索，但没有得到实质性的结果。与其说是随着业态开发，不如说是随着立地变

1)地区选定。——译者

化，永旺对准SC[1]开发GMS店铺形式。事实上，永旺在NSC[2]开发和地区SC开发上是出类拔萃的。但从财务体制来看，永旺已经处于一种迫在眉睫的状态。现在的永旺必须将重点放在解体GMS、提高收益能力上。从某种意义上说，这既是永旺所面临的一场危机，也是叩问永旺真正价值的时刻。

这里，我想说一些题外话。零售业中存在一定的规律和周期。新的零售业往往以商品种类少、价格破坏（打折）及低成本店铺的形象出现。换句话说，这是零售业的三大武器。零售业刚开始因为限定了商品的种类，并且使用低成本的简装店铺，所以可以打折。接着零售业会通过增加店铺数量来扩大规模。然后，慢慢地向综合化和高级化的方向转变。由于成本不断增加，商品的价格也会不断上升。也就是说，新零售业经过成长期迎来成熟期后进入衰退期。它就是这样循环往复的，而且达到一定的规模后，单靠削减成本已经无法实现廉价销售。这样，贱卖机制和商品制造便成为必要。也就是说，零售业的发展对销售规划力提出了要求。

永旺的优势在于拥有“TOPVALU”这一PB[3]商品。永旺曾经创立了以销售力为武器的商品制造机制。永旺依据商品，而不是根据店铺等外在形式创造业态。这是冈田元也社长具备、而冈田名誉会长不具备的能力。父亲以流通革命为目标，而儿子找到了流通革命的武器，实现了流通革命。

那么，到底应该如何做好GMS这道菜呢？我认为可以从四个方向解体GMS。其一，对每个商品群分别实行业态转换（儿童用品专卖店等）；其二，价格带的业态摸索（折扣店等）；其三，活用立地变更店铺形态（例如从NSC到SM[4]）；其四，全面撤退。其中除了业态转换需要花费一定的时间之外，而其他三个方向都是永旺擅

1) Shopping Center，购物中心。——译者
2) Neigh borhood Shopping Center，邻里购物中心。——译者
3) Private Brand，自主品牌。——译者
4) Shopping Mall，大型购物中心。——译者

长的，且永旺在店铺形态变更上已经有过成功的经验。从GMS转变为由SM和专卖店组合而成的NSC，或转变为能力中心[1)]，都是在小商业圈内进行低成本投资的商业模型。在管理体制上，在各公司设定负责人，让他们负责完成转换。而关于全面撤退，由于很多店铺在开发时就已签订了可以撤退的契约，这也是永旺的强项。永旺将店铺的投资回收定在10年以下，房地产不归永旺所有。

过去永旺直面过很多困难。就拿法律规定来说，百货店法时代、大店法、大店立地法以及这次的街建三法等，一个规定接着一个规定。但事实证明，永旺具有运用战略将这些困难一一克服的智慧。冈田家族拥有从祖辈继承下来的经营哲学理念和从实践中获得的经验教训。冈田屋以来有句家训："给顶梁柱装上车轮。"这是在告诫要随时随着立地、环境的变化而变化。

连总店和根据地都可以"舍弃"，这就是永旺充满决断和勇气的企业风格。从祖父时代，就开始舍弃久六町、舍弃辻町、舍弃诹访新道、舍弃驿前，从三重移到大阪，其后将总公司迁移到东京，现在又在千叶幕张建设总公司。公司名也从"冈田屋"到"OKADAYA[2)]"、到"佳世客"、再到"永旺"，不断更换至今。永旺从每次破坏中脱胎、发挥着专长。所以说，危机也正是机遇所在。

1) Power Center。——译者
2) 原日语为オカダヤ，冈田屋的日文片假名表示，下同。——译者

2 看得见的经营、给人看的经营、让人参与的经营

最近，在报纸和电视上被曝丑闻的大多数公司都是做了有悖于以上标题的行为。自信的公司、积极改变的公司、知道顾客是谁的公司大都实行着看得见的经营、给人看的经营和让人参与的经营。服务业是这样，零售业也是这样，在卖场几乎将公司公开得一览无余。“卖场”这一场所将公司努力经营的一切都展示了出来，其商品、价格、陈列、设备、从业人员的行为举止和教育程度等，每天都在接受顾客的评价。所以，小嶋明白对从业人员的教育必须从日常抓起。她还充分认识到广告宣传活动的重要性及销售人员必须对顾客的不满和抱怨负责。在佳世客成立之时，她设立了“顾客接待室”和“质量管理检查室”，还创立了店铺的“抱怨接待卡片体系”。现在，永旺各店公开来自顾客的不满和意见、店长对此做出的答复就是其中的一部分。

好的事情、坏的事情、不合理的事情，永旺不仅在公司内部，对公司外部也予以公开，积极地实行着“看得见的经营”和“给人看的经营”。

例如，和其他所有的公司一样，永旺的前身“OKADAYA”也推出了名叫《向日葵通信》的内报，人事教育部担任此项任务。当时的人事教育部部长小嶋会将稿件一一过目。我于1970年进入人事教育部，每月都能看到一个怪现象。那就是每到截稿日期，印刷商都会等很长时间，因为原稿都卡在小嶋那里了。公司内报的负责人由当年最高水准的新员工来担任，但每到截稿日期都会被小嶋训斥一通。

当时，我觉得这很不可思议，不就是公司内报吗？我初生牛犊不怕虎，去向小嶋请教。小嶋这样回答我：“是这样，公司内报是

实行人事战略的重要工具。如何才能将公司的事告知从业人员呢？另外，公司内报也是公司外报啊。回到家丢下报纸，父母看见了就可以了解到公司的情况。所以，对于公司来说，公司内报是非常重要的。”

按照一般的想法，不合理的事情、不想让人知道的事情是不会登载的。但小嶋的想法却不同。公司内报中就连处罚对象的姓名和事件的概要，她也要求一并公开。因为她认为如果隐瞒了一件事，为了遮住这件事也就不得不隐瞒下一件，长此以往就会慢慢形成隐瞒庇护的风气，而以一儆百的做法可以起到一定的警戒效果。当然，公司内报也并不只是登载坏消息。谁被派去参加了外部的研讨会、优秀研讨会报告书的内容也会刊登在公司内报上。这些都关系着内外部人员对公司的理解。

在检测组织健全程度的指标中，有一项是经营的公开程度，公开耻辱也算其中一项。而在不健全的企业中，顾客和外部人员是无法参与规划，无法成为股东的。

最近，向普通人开放工厂、展示制造工程的企业越来越多。而出了事的企业大多都是和顾客距离疏远、没有认识到顾客是谁的企业。也就是说，这些企业实行着看不见、不给人看、不让人参与的经营，而它们最后都会走向没落。

3 以人为中心创建组织

组织以分工为前提。即便两个人也需要一个组织，因为必须决定由谁来承担任务及随之而来的权限、责任和义务等问题。这便是创建组织的出发点。但是，随着企业规模的增大、组织的增大，增添人员成为建立组织的惯有形式。对于大部分组织来说，这种形式也未必不可。但是，仅限于此会因个人无法施展自己的才能而让组织慢慢失去活力。

我们需要从以下两个方面来看待组织和人的关系。人事不是人的事，而是人和事、人和人的组合体。做自己喜欢的事、感兴趣的事、能够充分发挥个人才能的事，与合得来的上级、下级一起共事，才是工作的最大快乐之处。但是，这样的好事很难实现。另外，不亲身参与就会有很多不明白的地方，很难发现问题。比如，一名优秀的员工刚刚接手了一项新的工作就丧失了干劲。对于这种情况，公司往往不探究原因，直接将责任归咎于本人。其实这里有必要看一下组织的集体能力和个人自身的能力。这和职业棒球一样，即使将个人能力强的选手都聚集到一起，也未必能组成一个强队。在这种情况下，通过为个人能力、专业能力强的人分配适当的工作可以解决这一问题。小嶋与冈田有一个共同点就是，他们都对“人”抱有很大的兴趣。换句话说，不管是对什么样人，他们都有运用自如的自信和吸引对方的魅力。

小嶋在OKADAYA时代曾雇佣过一个有人格缺陷的员工。这个人英语非常棒，小嶋就让他翻译美国的零售业杂志。因为自己的能力得到了充分的发挥，这个人工作更加卖力了。最后，公司甚至享受到了能够马上获得美国一手信息的好处。后来，他所在的部门负责了别的业务，失去了用武之地的他便悄悄离开了公司。

还有一个例子。佳世客时代，我们公司中有叫K的一个人，他虽能力有些差但人缘极好。小嶋将公司复印的事务全权交给了他。他干劲十足，对公司各部门的复印实行一元管理，提高了工作效率。很长一段时间，他被称为“复印K”，活跃在公司中。这个例子充分说明了针对某个特定的人分配适当的工作对于一个组织的重要性。

4 建立社会信用

企业是一种社会机构，以企业活动不给社会带来危害为最低标准。但是，媒体爆出的企业丑闻大都是触犯法律或违反公德的事情。有些企业甚至因此失去了辛辛苦苦积攒起来的社会信用，走向倒闭的不归之路。一般来讲，信用从资产金额、从业人员的数量及财务内容的好坏等方面来评判。但这里所说的社会信用是一种更加“无形”的东西，这点至关重要。“信用”必须通过建立才能获得。

小嶋很早就对这点进行了实践。1945年6月，四日市因为空袭化作一片焦土，更不用提什么店、什么商品了。在此之前，冈田屋发行了商品券。空袭后的冈田屋既没了店铺，也没了商品，但所幸留下了现金。要说小嶋当时干了什么，她制作了内容为“只要拿来商品券就可以兑换现金”的传单，贴在电线杆上。在一切都被烧毁、即使无法兑换顾客也没有任何怨言的时代，小嶋进行了大胆的实践，她是想借此恢复冈田屋的信用。正如她所料，这些传单赢得了“冈田屋真棒”的评价。另外，在那个时代，冈田屋从没经手过黑货，这种形象赢得了广泛的社会信用，使整个企业熠熠生辉。

获得信用后的冈田屋被人们用“San”[1]来称呼，而且有“要嫁就嫁冈田屋”的至高评价。甚至在高中推荐就业时出现过“如果不是优秀的孩子就不会被冈田屋录用”的话语。这是因为当时冈田屋实行了严格的录用制度，入职后会对员工进行业务知识培训，把他们培养成为优秀的社会人，以此来回报来自社会的期待。因此，家长们都非常放心把孩子交给冈田屋。

就这样，良性循环开始了，良币带来良币……一阵阵良风不断地吹拂着佳世客。

1）日语中接在名称后面，表尊敬的称呼。——译者

佳世客诞生不久，就和三菱商事共同成立了合资公司“DIAMOND CITY”，并且在大阪的东住吉区和名古屋市、寝屋川市（8年后）相继创建了大型购物中心。购物中心时代就此拉开了帷幕。“DIAMOND CITY”是和大企业三菱商事合资诞生的开发公司，备受社会的关注。之后，佳世客一直走在购物中心开发的前列。由此，佳世客的信用一度上升，事业也得到了长足的发展。在人才方面，其他业界——三菱Rayon和蝶理的两名董事也先后加入了本公司。

小嶋认为充实福利保健方面至关重要。早在冈田屋时代她就曾想着手于这方面，但因合资事业耽搁了。这就是小嶋梦想中的“厚生养老金基金”和“健康保险工会”。由于当时这两个机构将代替政府行使一部分职责，因此政府对其进行了严格的审查。小嶋顺利通过审查，得到了批准。从某种意义上说，这也是一种“信用”。

另外，佳世客成立之际，同时还成立了“顾客接待室”和“经营监察室”。如今，不管哪个企业都设立了“顾客接待室”。但佳世客的“顾客接待室”不是防卫性的组织，而是从顾客和销售者双方的立场出发，检查和揭发不合格商品、进行服务检查、核对工作的公司内部牵制机构，直属社长领导。同时成立的还有“质量管理中心”，负责对顾客不满意的商品和安全性进行检查。

永旺从不高声标榜，但切实落实自己的企业风格。从当年的小嶋时代开始就已经打好了这一基础。

另一个机构就是“经营监察室”。如果企业活动被搁置不管，那么等待企业的只有一种宿命，就是流于低俗、自然劣化、腐败化，变成一个无药可救的组织。因此，组织必须接受频繁的监察。这一机构也是社长直属机构。现在，永旺的集团实业和各实业公司仍设有经营监察室。监察领域涉及广泛，对业绩、制度、体系、会计、经营管理、顾客的满意度、经营的强制、浪费以及无规律等各方面都会进行彻底的监察。机构本身具有从顾客和经营两个角度进行核对的机能。这也是对小嶋经营哲学的实践之一。

5 用三天进行决算

为了方便做出下一个决定，无论哪个时代的管理者都想尽早知道结果，小嶋也是如此。当时的松下电器产业有“经理职员制度”，有三天内就能做出决算的机制和能够胜任此项任务的员工。我对此吃惊不已，因为这种制度帮助松下在没有电脑的年代里就能拥有好几个相关公司，做成那么大的规模，这真是种近乎鬼斧神工般的机制。

对此有所耳闻的小嶋立即在佳世客大学开设了“Treasury”课程。这是以资金和投资为主要战略的职员课程。从OKADAYA时代，小嶋就非常重视会计业务。或许，这是从江户时代就拥有近似于复式记账法的冈田屋和服店传承下来的，因为如果疏忽了这个工作，店铺就会倒闭。即便是财政盈余，如果资金过于密集也会导致店铺关闭。

当时是一个流行部门式组织的年代。支持部门组织方式的会计制度叫做管理会计。它不基于商法，是一种组合转换为企业组织体制的会计制度。

业绩评价、决策、评价预算实绩等都可以自由地进行组合。当时，以往的会计制度被称为后方会计，管理会计被称为前方会计或决策会计。

一般来说，会计两个月内确定纳税申报单就可以了。但一个优秀的企业应该具备三天内做出决算的机制和能够胜任此项任务的员工。如果将公司比作人，经营数据就是神经系统，传达慢了是会要命的。即使是小公司，一切也只能以税法为标准。2月份完成的东西5月份才出结果，这样的公司不会好到哪里去。

佳世客成立后不久，原福冈国税局科长A进入我公司，担任财务部长一职。A将会计业务进行了切分。首先将会计业务分为总社会计和地方会计，然后将总社会计再分为会计、资金、出纳、财务及相关公司财务，明确了业务范围。不仅如此，A还有一个了不起的地方，就是创造出了人才培养轮换机制。这样就融合了佳世客大学的人才培养制度和实际业务轮换制度。使得决算更加快捷，同时大大加快了相关公司的合并报表进度。

佳世客进行扩张的时候，对地方人才的需求变得更加强烈，人事交流也更加频繁。从相关公司到佳世客，需求量最大的就是“财务人员”的派遣，因为当时的联合决算有些跟不上。人事变动的时候，我曾请求A部长将相关公司的X调过来。而A部长却这样回答了我：“X还没有完全掌握会计业务，我想等一年再看。B既精通会计业务，我也曾经想过让他做整个公司的财务工作，我推荐B。”这是在把握工作轮换和职业规划、考虑到个人发展的基础上做出的回答。A部长确实是一个值得尊敬和佩服的人物。

人们都说佳世客、永旺是一个认认真真做财务的公司。那是因为这里的员工比税理师、公认会计师和国税专管员都热心于学习。可以说，这一优良传统奠基于这个时期，源于江户时代。

6 制造迂回之路

要想很好地运营一个组织，必须建立上下左右可以顺畅地交流想法、成员能力得到充分发挥的机制。

佳世客主要实行录用考试制度。是否能够被录用，不取决于男女性别或学历，而是取决于本人是否努力。考试内容分为笔试和面试。笔试以检测知识为主，笔试没过的话就没法进入下一轮的面试中。

有些人平时能够做出实际的成绩，但就是不擅长考试。面对这种情况，应该如何是好。作为录用考试制度的补充，小嶋设立了一项副制度，那就是"推荐录用制度"。

依照当时的考试制度，分为副干事（主任）和副参事（科长）两种考试。按照资格，副干事和副参事之间有干事（股长）。然而，没有干事考试这一说。这是因为如果副干事既有经验又有实绩，但就是无法通过副参事考试，那么可以因其上级（本部长级）的推荐免去笔试直接参加面试。不过，推荐录用制度也是有条件的，当事人必须有五年以上担任副干事的经验、人事考核68分以上、正在参加主要的副参事考试，且必须参加每年的笔试，如果不参加，即使其他条件都非常优秀也没法成为被推荐的对象。这项制度虽然条件有些苛刻，但作为一项补救制度还是发挥了不小的作用。通过面试没法成为副参事的人员就担任干事一职。

这样就既有了通过严格考试进行录用的主路，又有了通过推荐制度录用实绩评价高者的迂回之路。

不过，推荐制度终究还是副的、从属性制度。如果将推荐制度作为主要录用制度将会出现怎样的情况呢？那必定是上级握有绝对的推荐权，不仅考虑实绩，还会介入过多的个人感情，最终形成集团派阀，慢慢失去引进、学习新知识的风气。佳世客内没有派阀之争的传统，这可说是录用考试制度的一大功绩。

“自我申报制度”是另一制度的迂回之路。每个企业都有自我申报制度，但这个制度的关键不在于它的内容，而在对它的运行。运用的人对这项制度握有生杀予夺的权利。

从某种意义上说，每个组织都呈金字塔的形状，下层的人要远远多于上层的人。针对这种特征，会产生想说却没法说、即使说了也没用的状况。这样一来人们在其中很快就会变成“贝壳”，遭遇被埋没的危机，而整个组织也会慢慢腐败以至消亡。

因此，小嶋非常重视“自我申报制度”。

这项制度运行的前提在于个人对于公司的信任、信赖。如果员工不信任公司，那么就不会写出诚实的自我报告；如果诚实的自我报告受到不公正的对待，那么就没人接着这样做了；如果写了自我报告却不见实际效果，那大家就不会再写了。所以运行过程中，必须对个人隐私严格保密。

申报接收方有实行的责任，当然也必须有实行的权利和权威。小嶋具有贯彻这一制度的信念和方法。

7 有什么问题吗?

"有什么问题吗？"

这是小嶋每次巡查店铺时说的第一句话。

也是从领导到管理层、从一般从业人员到兼职人员所听到第一句话。

朴素的伊势木棉上衣搭配长裤是小嶋的常用装束，再加上白发束在脑后，乍一看像个普通的大妈。所以，听到她说话的人都会大吃一惊。

无论何时、何地、对何人，小嶋的第一句话从来都没有变过，似乎已经成了她的口头禅。

但是，这第一句话中包含了丰富的意味。

举个例子。

"有什么问题吗？"对于小嶋惯用的这句话，兼职销售员会有这样的回答："这种商品经常脱销，比较麻烦。"接着，小嶋会问：从什么时候开始的？一天能卖多少呢？在做统计吗？是什么样的订货体制呢？是定期订货吗？还是订货数量有规定？谁有订货权限呢？对于这个问题，你采取了哪些行动呢？你向上级报告了吗？主任和科长是怎么做的呢？谁是商品部成员呢？等等。她会像机关枪一样，一个接一个地抛出提问，让销售员应不暇接。

这时，小嶋大脑中的计算器就会开始全速运转，为探求问题的核心不断发挥着想象力：是这个工作特有的问题呢，还是更加普遍性的问题？这个员工对这个问题怎么看呢？是工作的问题，还是家庭的问题？

这是只有平时对此问题有一定的认识、进行危机管理的人才能够井井有条地回答出来。而没有任何准备的人面对提问会显得紧张，说出“真话”。

接下来就更不得了了。为了探求问题的核心，小嶋会打破砂锅，连续不断地抛出更加严肃的问题。“这是表面性的还是根本性的？”“当事人是当做自己的事来面对这个问题的吗？”“你有当事人意识吗？”等等。

商品脱销不单单是由订货人员的怠慢和能力不足引起的，更多是因为制度、教育、权限等本身存在结构性的问题。

而且，也有可能是一线的负责人已经知道了“商品脱销”的本质原因和解决方法，但向上级报告了好几次也不见动静，于是慢慢失去了干劲。

小嶋就是想知道问题的本质所在、订货体系是否有不完善之处、生产商的供给能力是否有限、采购负责人的能力是否强、是否只有这个店存在这种现象……

这样的追究在小嶋回到总公司后仍在继续。她会将能力开发部长叫过来，询问销售手册的情况和员工培训课程是否有不备之处等。这绝不是在进行人肉搜索，而是解决问题的必要做法。

很多管理者和干部都标榜一线第一，小嶋很早就用实际行动实践了这一点。这和组织间的隔阂及职位的高低没有关系，因为她充分认识到一线才是满足顾客需求的地方、收益的源泉。

小嶋对从业人员的家庭问题也很敏感，并且反应迅速。

有一天早晨，我刚到公司就接到了小嶋的电话。

“东海，你把冈崎店A的个人档案拿过来。”

我马上把档案拿了过去。小嶋首先浏览了一下他的履历书，然后读了最近的自我申报书。其中写了因妻子生病而焦虑、一直在治疗但总不见好、正在寻找好的医生等情况。

“果然是这样啊。”

小嶋马上给佳世客健康保险工会的委托医生打了个电话，详细询问了病况，听了专门医院和医生的介绍。但即便这样，小嶋似乎还是不太满意。于是，她给大阪大学医院的教授打了电话，听取了权威性的介绍。

本来这件事可以就此告一段落，但此时小嶋才开始发挥她的真本领，追究我忽视自我申报书内容的责任。

“员工在自我申告书中写了自己的困难，如果对此没有任何反应、不采取任何措施的话，那他们以后就不会再写了。岂止这些，公司的信用也会慢慢丧失。他有可能把这件事告诉其他员工。如果真是这样的话，慢慢大家都会认为自我申报书根本没有什么用处。自我申报制度不久就会成为一个空壳，不能发挥任何作用。”

所以，自我申报书必须认真仔细地看。如果发现问题后不立即采取行动，那么自我申报制度就没有任何意义。这是小嶋告诉我的。不是对我的训话，而是给予我的教导。

这样的故事不胜枚举。很多人因为养育子女或照顾年迈的双亲而希望调动工作。这些家庭问题往往是他们自己无法解决的。而一直带着这样的烦恼，使得他们无法专注于工作。

“有什么问题吗？”小嶋对干部的回答要求更高。平时，小嶋对女性、普通员工等弱势人群非常和蔼，而对男性、管理人员、干部则非常严格。

当然，这也是对他们期待高的缘故。所以，小嶋问他们“有什么问题吗”的时候，几乎近于诘问。而从他们对问题的把握、认识的程度、对经营的影响度上可以看出这个人的能力。其实这是一种临时面试。

被提问的管理人员或重要负责人如果知道对方是小嶋，就会说一些自己擅长的事情来迎合她，可往往适得其反。小嶋会立马看穿，训斥道：“笨蛋，你学习还不够。”

被小嶋训斥过的人不少，表扬过的人却不多。

“他不行啊”、“那个人不错”、“我找到了一个认真干事的人”……小嶋回到总公司后会把我们叫到一起，给我们具体讲明原因。当然，她会拿出个人档案，并且还要追加一些对资料有影响的信息。

“有什么问题吗”这句话不仅对公司内部人员说，有时还波及公司外的人。

前几天，我碰到NICHII[1](现MYCAL公司)人事部部长A的时候，他对我说：“前段时间，我从东京出差回来，在伊丹机场碰到了小嶋女士。我们站在路旁聊了起来，小嶋问我：‘有什么问题吗？’那会儿正是春季要求涨工资的时候，于是我回答说，我这样看今年的涨工资的事情……结果，小嶋把我大骂一通，‘这个行业是因为有你这样的笨蛋才不见好转的，请不要只用NICHII的方法来考虑问题。’我从来没从佳世客拿过一分钱，却倒了这么大一个霉。”

从A的话语中，我能感受到些许的不满和被小嶋训斥后的喜悦。因为被小嶋训斥也就意味着作为业界的一名干部得到了“认可”，A知道这个潜规则。小嶋的问题意识波及了整个行业。正因为如此，在她毫不客气的斥责中带有些许欣慰。

当从业人员被问到“有什么问题吗？”并让他们进行思考的时候，起码在这段时间中他是当事人。这是小嶋教给我的。

小嶋认为，如果员工潜意识里存在旁观者或第三者意识，公司是没法发展的。干部的职责就是要在公司内多多培养拥有当事人意识的员工。公司里不需要评论家，将公司的问题当做自己的问题并寻求解决问题的途径，这点非常重要。她希望公司里这样的员工越多越好。

1) 日本公司的名称。——译者

不久，小嶋的这个想法就被编入了干部培训课程中。随后，佳世客还针对7000名干部举行了运用“凯普纳·特雷高模型[1)]”解决问题的研讨会。

1）又叫KT决策法。是最负盛名的决策模型，由美国人查尔斯·H·凯普纳(Charles H.Kepner)和本杰明·特雷高(Benjamin B.Tregoe)两人合作研究发明。——译者

8 追究起草方案责任

通常所说的起草方案责任是指对起草方案内容的责任。这里，我想说的是“起草、不起草方案的责任”。

小嶋经常这样号令我们：“你有起草方案的权利，不行使就是放弃了这个职务。”听之我们一脸愕然，“我们有那样的权利吗？”但贴切地说，职位高者有权利，职位低者有义务。

假设大家听到了原油价格上涨的新闻。普通员工可能会想趁汽油价格便宜的时候加满油箱。但是，如果企业的总务部长也这么想就麻烦了。他必须从各个方面来考虑这会给公司带来什么影响，进而探求对策。首先，他必须起草并提出方案，例如将自己发电变换为使用公共电力。如果仅仅把它当做一个新闻置之不理的话，那就是放弃职责。

最近，公司丑闻经常被媒体曝光。例如，公司出现假冒伪劣食品、更改保质期等问题，虽涉及人员众多，却长时间被束之高阁。不错，上层对此事负有责任。但是，只是领导不好，难道自己就没有责任吗？起草方案责任和这种事情很相似：只要不是当事人而是旁观者，就可以逃脱起草方案的责任。而最让人头疼的就是这些旁观者，总是认为这和我没关系、这不是我的职务范围，从而想把自己划在一个安全的圈中。如果让惯于逃避责任的人来承担工作，就有酿成大事件和大事故的危险。

总之，公司越大就越容易出现这种情况。不过我看了一些我们的关联公司，都没有这些问题。所以我想这还是领导的姿态和在其中工作的员工的问题。社长独裁的公司不管其规模多大，都容易有这种倾向，长此以往，最坏的情况就是像新闻中所说的那样，某天公司突然倒闭了。当然，这并不仅仅是领导、员工，或者是意识、想法的问题。公司成长到一定规模后，不管是从组织结构上，还是从组织运营上，都可以防止此类事件的发生。以我作为经营顾问眼光来看，要想守住公司，组织结构还是不要分得太细为好。进一步说，不要分太多职能化的组织，而是要解决将统合部门放在哪里、赋予什么权限的问题。顺便提一句，佳世客的权限规定中明确记述了起草方案的责任人及其职责。

小嶋和冈田都认为佳世客起草方案的责任在店铺。因此，店长的职务涉及范围比较广泛。店长对经营颇有感触，且经营意识强。在巡查店铺的时候，小嶋和冈田都会问到这个店在三五年后会怎样、这个店存在什么样的问题等。

我做店长的时候，冈田曾问过我这样的问题：“东海，这个店面改装一下可以吗？”我回答说：“现在店的业绩非常好。比起店面改装，没有足够的停车场是个问题。我想应该先建一个立体停车场。”“那就照你说的办吧。”冈田说完，点点头走了。对于这样的提问，如果回答“改装是店铺企划的事”或“停车场是开发部的事，我不太清楚”，那就麻烦了。

店铺是前线基地，是证明公司所有能力的地方。如果这个地方的店长意识或能力不强，就不会打胜仗。店铺是公司和消费者、生活者的连接点，必须从这里认真听取意见和不满，对商品和服务做出调整和改变。没有创意的店铺是脆弱的、没有思考能力的从业人员是不幸的、让从业人员丧失思考能力的管理者是罪大恶极的。店铺不是践行总公司和总部指示的地方，而是一个微型社会，店长就是管理者。因此，来自店铺的提案和起草案非常重要。不管哪个行业都是如此。

泡沫经济破灭后十年（也称“失去的十年”），长长的萧条隧道一直向前延伸，看不到出口。对就业人员来说，这也是一个多灾多难的时代：以裁员为名的解雇、降低工资、终身雇用制事实上的崩溃、欺负职员行为的泛滥以及削减成本引起企业道德衰退、派遣劳动职种的扩大导致年轻一代贫困化……曾有的“社会”模样一下子消失了。

另外，股东利益优先、股东发言权扩大引发了“投资家”追逐利益的思想，他们把公司当作了赚钱的手段，从业人员变成了帮着赚钱的狗腿子，而公司则变成了劳动和工资的交换场所。

大家也都清楚地知道，现在这种现象依然存在。所以，我想对当时拥有起草方案权限的那些人说，一定要用自己的职位和尊严切实担负起起草方案的责任和义务。

9 经营就要统一用语

当初三个公司合并后，小嶋做的第一件事就是统一用语。因为每个公司的公司用语都不一样。在日本，用招手表示“到这边来”的意思时，手背向上来回挥动；而在美国，这样招手表示“到那边去”的意思。也就是说，同样的举止可以有相反的解释。公司中尽管没有这么极端，但也会发生类似的情况。

第一劝业银行合并成立后，那里的人跑来请教小嶋合并的秘诀。小嶋说秘诀之一就是统一用语。他们听后大为赞同。银行业中也存在同样的问题。在第一银行，支出传票叫“赤传”，而在劝业银行，收入传票叫“赤传”。

统一用语不单单是意思的罗列。简单地说，“统一用语”是关系到目的、效果，甚至思维方式的组织管理用语和经营用语。例如，“项目”、“单位”、“脱销”等用语就和社会上普遍使用的意思不一样。

从OKADAYA时代开始，小嶋就非常重视语言的力量。

在冈田屋，彻底教授员工语言的力量、教授学生和社会人的“不同”之处是培训新员工的重点。进入公司一年后有班长考试，所谓班长考试就是职员的录用考试，不及格就不算正式员工。考试内容是就业规则和服务规则中有关“我们的职责”部分。就业规则就是劳动条件，是劳动者和公司的契约。同时，OKADAYA还把它作为组织管理的工具。里面记述了对组织成员的要求和作为组织一员的一些常识，这部分是考试的重点。另一部分“我们的职责”中则网罗了作为一名社会人、组织成员所应有的心理和行为。

我在担任管理职务前，每年都被要求去参加MTP（Management Training Program，管理培训计划）的培训。每年的课程都开始于高桥三郎老师对每次都及不了格的H的打趣："H啊，今年又来啦！"在永旺，每次开会前，都要将事先准备做到完美。这是因为员工之间存在着一种共识，而这种共识的基础就是统一的语言。

10 通过盘点存货来学习

在佳世客，能力分为五个阶段。最下面的第五个阶段是“作业”、第四个阶段是“领导”、第三个阶段是“经营”、第二个阶段是“管理”、最上面是“行政”。作业虽是最初的阶段但非常重要，主要内容是按照什么进行作业。

例如，零售业中的“衬衫折叠方法”、“苹果摆放方式”等。这些作业统称为商品整理。通过商品整理，可以挑出不合格的商品、通过计算数量来把握销量、摸索有创意的摆放方式、掌握高深技术及培养手感。

更重要的是能够把握作业和劳动时间的关系，例如叠一百件衬衫需要多少时间。如果不能熟练地进行这些作业，你就不知道每个作业的质（程度）和量，升任领导岗位的时候，就不能合理地设定作业计划、给部下分配任务。只能变成说“快点干”的号令主任。

“盘点存货”最能看出一个店铺的作业能力，因为这是全店成员一起完成的作业。店长可以一目了然地看出主任平时分配任务的方法、科长的指挥能力以及兼职、普通职员的能力。一般来说主任优秀的话，这个部门完成作业就快，并且不会出错，越是慢的部门越容易出错。不同水平的店铺之间也是同样的道理。

盘点存货是学习店铺基础经营的好机会，兼职人员或者新人可以通过实际体验明白日常作业中积累的重要性。盘点存货还能告诉我们，不明的浪费可以测量经营精度。所以一般来说，冈田屋会在盘点存货前一个月进行培训，充分制定好计划，比如说盘点五天前干什么、三天前干什么等，直到迎接盘点存货那天的到来。

可以说，事前的充分准备和当天的指挥能力决定了盘点存货的质量和速度。而如果事先不做好准备，开始作业后就会因找不到价格标签或由于发现了不合格产品而浪费时间。

虽然店长是盘点存货的负责人，但可以借此机会考察一下谁能够担任盘点存货事务司一职。这是考察计划能力的最好时机。

也就是说，这是一个把握从业人员能力的好机会。大家各干各的工作时看不出来，但让他们一起干同一个工作的时候就能清楚地看出每个人的能力了。通过盘点存货可以对从业人员的目标理解力、作业计划、敏捷度等很多能力做出评价。

而对从业人员来说，通过盘点存货可以学到很多东西，例如：热销品、冷门货、整理的重要性和数量管理的重要性等。

就在最近，小嶋问过我这样一个问题："现在盘点存货怎样呢？"我回答说："营业时间变长了，而且只要休息一天就会带来麻烦，委托给外部同行怎样呢？"小嶋喃喃道："这不仅是个成本问题，很多技术也会随之丢失啊。"她知道这不是一个单纯的数字问题，而是一个综合的效果问题。如何选择，那就看管理者了。

11 领导不一定总是正确的

像小嶋和冈田这样，除了基于姐弟血缘的信赖关系之外，他们还相互认同对方作为管理者的能力，这种关系是很少见的。如果两人的能力悬殊，那么就不会形成两人三足的状态；而如果两人是同一性质的人，那么任何一方都会成为多余的存在。所以说，这种关系极为罕见。

松下幸之助曾说过这样的话："我没有学历，所以请大学生来帮忙；我身体不好，所以请身体健硕的人来协助。"这就是互补、分工合作的关系。

不仅在日本，在欧美也有很多家族企业。这种经营方式有一个非常强大的基础就是信赖。不过虽然它的效力很大，也仅限于一定规模的企业，规模再扩大的话，就必须雇用他人、进行分工合作、制定相应的制度体系了。分工合作的同时，权限责任的分担也随之而来。

一个体系是异质价值的组合，同质的东西不管有多少，终究只是一个东西。异质的东西进行组合乘法运算就能产生出价值。但组合也是需要智慧的，这种智慧中包含了一定的规律和人类的经验法则。然而，很多公司不仅不去学习这种智慧，即使知道了也不去实践，所以多数公司都是在达到一定的规模后，由于创业者全身而退或走上邪道而慢慢衰落。

那么应该怎样做呢？我想从管理者和从业人员的角度分别讲一下注意点。

管理者的注意点

◆ 防　备

所谓最高层就是地位最高的那个人。按理说居于最高处可以将所有的人、事都尽收眼底，但事实上并非如此。另外，很多高层都不见人影，这也是需要注意的一点。并且，他们往往有轻视身边的人、看好较远的人的倾向，认为“远来的和尚会念经”，因此他们轻视熟知的人而对不熟悉的人做出过高的评价。物色人才人事中的失败就是这么一个典型的例子。其结果是，让一直以来信任自己、对自己来说非常重要的人产生了反感。

管理者需要做好心理准备，隐藏自己的兴趣爱好。因为员工常常通过兴趣爱好来接近自己的领导。例如，有人会利用高尔夫球接近喜欢高尔夫球的社长，举办各种高尔夫球比赛，甚至以社长的姓名来命名某个奖项。有些部长还自己选定高尔夫球比赛的成员，形成了亲信集团。

因此，管理者要尽可能地隐藏起“自我”，和员工保持一定的距离。

◆ 不做粉饰决算

显然，粉饰过一次后，为了隐瞒这次粉饰还需要继续不断地篡改数据，而不断篡改会掩盖实际情况，人们则会将篡改后的数据当作了实际情况并信以为真。而不久经过收支、资金的回转，连修正的机会都丧失了。结果，为了保持收支平衡不得不开展新的事业活动，这是常有的倒闭模式。

◆ 发生丑闻或事故后应对媒体

公司爆出丑闻或发生事故后，最高层容易成为众矢之的。此时，最高层应该毫无隐瞒地公开事实并承担全部责任。透露零星的信息、转嫁责任都是下下策。因为这样做会导致不信任，将公司逼上倒闭的绝路。要记住，越隐瞒越被揭发、越逃避越被追赶，这是媒体的秉性。

◆ 最高层的意思不能被完全传达

作为最高层，应该明白自己和员工间总会有隔阂，自己的意思很难被完全传达到。有时因为传达人对知识的理解度和表达方式，需要传达的事项被传达成了完全不同的意思，而如果传达人抱有什么意图故意传达错了意思，那就更没辙了。所以，最高层需要做好这个心理准备。其实，相对而言，下面的意见和信息也很难上传上来。如果出现这种情况，最高层就得注意了，这是一个检验最高层气量的时刻。当听到不好的消息后不要进行人肉搜索，绝对不要问是谁说的、谁对谁错。解决方法是亲自视察现场，确认事实到底是怎样的。这样做还有个好处，就是可以听到来自现场的真实声音。

最后，我想说，作为最高层要经常将公司的目标、理念和行为准则放在口边，随时传达给更多的人。

劳动者的心理准备

领导也是人，他们必须做到让人尊敬和信赖。从某种意义上说，劳动者造就了领导，所以不要将领导神化、把他们当成不穿衣服的皇帝。劳动者将自己的身心都献给领导的行为简直是荒谬至极，所以不要向领导宣誓忠诚，而要对组织忠诚。不要忘了在公司出现丑闻时，每个从业人员都是有责任的。如果你怎么看都觉得领导不行，最后一招就是放弃。

12 抱怨是财富

当企业和顾客之间对于一定的期待或约定出现分歧时就会产生抱怨。严重时，抱怨会发展成为企业的社会责任。谁都不会想到，部分上市企业敢正大光明地违法生产、排放有害物质并隐瞒事实。而这些问题浮出水面后，企业就会失去在社会上的存在意义，此时就不只是抱怨的问题了。

就拿身边的例子来说，在百货商店买的橘子和在露天小摊上买的橘子没多大差别。如果同样遇到橘子腐烂的情况，人们会抱怨百货商店，而不会抱怨露天小摊。这是因为顾客会不自觉地对百货商店产生一种期待，默认那里没有不合格产品。所以，一旦出现问题就会转化为抱怨。而人们对露天小摊的期待本来就没有那么高，顶多是下次不在那里买了，因而不会产生抱怨。这就是抱怨性质不同的问题。

对于企业来说，最恐怖的一件事莫过于不表达出来的抱怨。例如顾客进行无言的抗议、拒绝购买，这种时候就最可怕了。一旦失去了信誉，商品就会滞销。

我成为店长后不久，从一位老店长那里听到了这样的教诲："要成为一名合格的店长，有四件事是避不开的。如何处理未达成的销售额、如何处理顾客的抱怨、如何处理不明的浪费和事故、如何处理未达成的预算。"

店长首先需要了解所有的抱怨。通过了解把握抱怨的质和量。抱怨的种类五花八门，有一时性的抱怨，也有经负责人处理后平息的抱怨，还有严重的抱怨。抱怨中包含着本质性、结构性的问题，当然，也有只针对特定人、特定部门的抱怨。

关于处理抱怨的办法，第一，创建不管什么样的抱怨都一并上传的机制。第二，在负责人必须出面的情况下，店长不能让别人代行，需要和顾客、抱怨面对面。

从抱怨中，店长可以知道自己店铺所欠缺的东西、日常训练方法中存在的问题以及员工培训的重要性。也就是说，管理职位是一个将自己的身家性命交给部下的职位，对自己不知道的事情也负有责任。这些都是从抱怨中、从不明浪费和事故中学到的东西。

佳世客所有的员工都积极认真地对待抱怨。接待卡片就放在店头，对于顾客的建议和抱怨都一一公开做出回答。这表现了我们想和顾客面对面交流的积极姿态。

顾客的抱怨有可能发展成为复合抱怨。例如，买回的商品是脏的，于是顾客拿着商品来店里。这时，如果负责人不在，让顾客等了很长时间，或是从业人员的态度恶劣，那么随之产生的抱怨就是复合抱怨。这种情况下，对于顾客来说，弄脏的商品倒不是重点，而对后者的抱怨可就大了。这是店方管理的问题，是管理监督失职的表现。如果店主只注重自己的业绩，而对下面的从业人员不加以悉心指导的话，经常会出现这种情况。

抱怨的质和量可以如实地反映一个企业的状况。

13 立地是变动的、顾客群也是变化的

零售业是一个选择地区的产业。而在某种意义上说，选定的地区就是生活者的活动范围。

将这个活动范围设定在某个地方就是“立地”，居住者的活动周期也是消费的时间周期。生鲜食品的消费周期是二到三天。很少有人每三天驱车半小时进行一次购物，人们几乎都是在能徒步或骑自行车能到达的距离内，或者开车也只需十分钟的距离内购物，这种区域就叫商业圈。这就是零售业被叫做“立地产业”的原因。居住者的活动范围发生变化，立地也会发生变化。

活动范围发生变化有很多原因，总体来说就是社会的变化。例如，道路的修整、铁路等公共交通系统以及私家车的普及、工厂的开业和倒闭、居民的年龄、家庭构成、法律修订、房地产的价格、职业、住宅开发等的变化。

随着社会的变化，立地、顾客群也会发生变化。顾客群就成为对象的顾客群体。

例如，住宅开发往往要求选定交通便利、环境好、地价便宜的地方。一个新工厂建立后，雇佣关系随之产生，附近就会出现职工宿舍和住宅，以及因上班族而繁盛的沿街商业。

这样，随着社会的变化，立地和顾客群也在不断地发生变化。另一个变化的主要原因是竞争店的出现。竞争店不仅限于同行业内，也存在于不同行业之间。并且，竞争不仅仅是个阻碍因素，有时也能成为促进因素。例如，某地区自然地聚集了很多业种、业态，顾客就会从其他地区聚集到这个地区，从而促进了整个地区的繁盛。这样，商业圈迅速扩大、地区间竞争开始出现。

社会变化不会突然造访，但确实在缓慢进行着。20世纪60年

代开发卫星城市就是一个很好的例子。假如当时入住者的年龄为30岁，40年后的今天，年纪小的也有70岁了，年纪大的就将近80岁了。当时的他们正是年富力强的时候，也是消费旺盛、养育子女的时候。当时，日本的经济呈持续上升，其主要表现在卫星城上。大阪府吹田的千里卫星城现已变成了银发城。当时，佳世客的千里店是销售额达一百亿日元的高级店铺，如今却销售额减半，其原因就是客户群发生了变化。

驿前商业街的衰退非常明显。既有驾车购物等外在变化带来的问题，也有内在问题。由于管理者的老龄化，很多店铺都没有继承人。加上住房和店铺不分、所有权和使用权不分，使得整体开发迟迟没有进展。另外这里的业种构成主要是家业，使得店铺渐渐失去了魅力。空店慢慢增多，很多店铺都拉起了百叶窗。后来来到这里的是黄色产业和高利贷产业，它们的到来意味着商业街的结束。政府通过“街建三法”规制在郊外开发大型店铺，还投入大量税金试图将其引向中心市街，但没起到什么效果。这是因为立地是居住者自然形成的活动范围。

还有这样的例子。纽约的苏豪区在过去是个很少有人去的地方，那里有很多仓库街。当然，房租比较便宜。贫穷的艺术家们看中了这里的宽敞和廉价，纷纷进入此区。正因为此，街道焕然一新，如今变成了艺术街。于是，房租开始上涨，艺术家们又纷纷搬到了比较便宜的切尔西地区。这回，切尔西也慢慢变成艺术街了。像这样，单单改变房租这一个条件就能戏剧性地改变整个街道。所以，零售业也要根据立地的变化而变化，也就是废旧建新。比起创造，永旺更有舍弃的勇气和决断，这也是永旺的一个优势。

14 经营者也有男女之别吗？

小嶋讨厌别人在自己头衔上写上“女”这个字，女管理者、女作家、女什么什么的。

也许是因为从中能读出“罕见”、“稀奇”、“性别”的意味吧。同样，在年龄、学历、国籍等方面也存在这样的问题，比如，最年轻的知事诞生、第一个黑人总统之类。事实上，这些和事物的本质没有任何关系。

过去有段时间，佳世客录用了大量的女大学毕业生。有人说这是因为担任人事常务一职的是“女性”。因为是女性，所以才会重视女性。其实女性人事常务和录用女员工之间没有任何关系，从能力上看，女性和男性没有什么不同，谁的能力高谁就被录用。

媒体曾试图从小嶋身上寻找当时流行的职业女性形象，期待她从女性的立场做出些具有代表性的发言。但面对媒体，小嶋摆出的是一个企业家的形象。进一步说，她否定舍弃家庭、舍弃自我的职业女性形象。

这不是一个关于男女有别的话题，而是关于经营者的话题，经营者应该是一个怎样的人的话题。小嶋说，很明显经营者是能够将事业放在私事之前的人。事实上，小嶋和冈田自始至终都在为公司着想，这也是我在他们手下工作多年的真实感受。

企业是社会的单位，经营者是企业的单位。因为是单位，企业就要提供财物和服务给社会，以保证社会的存续。如果提供的财物和服务不好或不适合社会的需求，那么这个企业就会被社会淘汰，也就是事实上的倒闭或停业。

同样作为单位的经营者也要高效利用被赋予的资源（人、物、金钱、时间、信息），为社会提供财物和服务，作为补偿，他们会收获利益，利益又被用于下次的投资，这样增值才能持续不断的循环进行。经营者最大的误解就是认为被赋予的资源归自己所有，其实经营者所拥有的只是高效利用资源的权限。如果不能通过利用资源提供良好的财物和服务，那么经营者就不得不让位了。这才是社会的正常机能。

但最近，有人利用人力、物力、财力、时间和信息提供劣质的财物和服务，对此我深感担忧。如果企业出现假冒伪劣食品、污染米、苛刻用工现象的话，会遭遇社会性的制裁，企业倒闭或规模缩小，可尽管出现养老金、贿赂、污染米等问题时却没人出来承担责任。经营者从一开始就没有担负国家一部分经营责任的意识。这样下去企业不仅无法开展经营，社会也无法正常运转。

到此是关于作为社会单位的经营者的话题。

那么，事业优先是怎么一回事呢？有句话说得好："如果头脑中有为自己敛财的念头，那就不要经营了。"意指组织优先，而非自我优先。这便是经营者和管理者的根本区别。经营者越是抱着一种自我牺牲的姿态去面对经营、为全体做出贡献，在组织内获得的信任就越多。相反，经营者个人优先的程度越高，在组织内获得的信任就越少。

经营者彻底贯彻组织优先的想法是一个大前提。只要过了这一关，几乎所有的问题都能解决。只要严格区别何为公、何为私，即便是让经营者头疼的继承人问题也能迎刃而解。

和管理者不同，经营者的责任非常重大。在向银行借款之际会被要求进行个人保证，如果事业失败了就会失去所有的财产。有些经营者中饱私囊，支付高薪给那些名义上的领导和从业人员（一族），亏待拼命工作的员工，每天用公司经费看望那些专注于高尔夫三昧的"大人物"。让这样的经营者经营的公司，员工的士气会高吗？

15 何为“公”、何为“私”

这句话不仅针对管理者。其实老师管理学生的行为也都属于“公”的行为。不，职业本身就属于“公”。公务员就是“公”的典型代表，所以才被称为公仆。

最近，公的概念被扩大化，和企业的存在意义也扯上关系。企业不仅要利用资源提供财物和服务给社会，连环境、文化、对发展中国家的援助等领域的国际活动也成了评价企业的尺度。当然，企业越大，其“公”的领域越广泛、越深入。

那么，小企业就可以没“公”了吗？不是的。即使在仅有三个从业人员组成的街道工厂、商店中，“公”也是必不可少的。因为三个人的一生都与“公”息息相关。

在新员工培训上，我曾听到这样的话：“店为客而存在。”这是商业指导者仓本长治老师的教诲。说实话，当时我不太理解这句话的意思。其实这是一句富有哲理的话，我们可以试着将“店”和“客”换成其他的字，例如：机关为市民而存在、国家为国民而存在。但是，若将“店”和“客”的顺序调换意思就会变得完全相反。客为店而存在、国民为国家而存在。这不禁让人想起那个恐怖的年代，但现在依然有这样的公司和机关存在。回到管理者的话题上来。前面已经讲到，公私的区分是生业（家业）和企业的岔道口。那么，何为“公”、何为“私”呢？

举个关于一个地方建筑公司的事情。A花费毕生心血将他的公司从一个小建筑队发展成为地方的中坚建设公司，年销售额达80亿日元、从业人员达60名。他让儿子继承了自己的事业担任社长一职，而自己做了会长。

近几年，公司的从业人员形成了业界特有的跳槽组和新毕业组分江而治的格局。三年前曾有一段时间公司的业绩不太好。A辛苦了一辈子才有了公司的今天。儿子倒也争气，慢慢地有些社长样了，但经营还是不稳定。于是他决定借助其他的力量。他委托B对员工进行培训。B是培训政策的老行家，曾经是某公司的管理人员。下班后，他将会长、社长以下的全体员工都召集在一起，进行教育，他还帮助年轻员工组成了“未来委员会”，让他们对未来做出设想。会长每次都会去参加。有一天，A对B说了这样的话：“我似乎明白过去我们公司缺少什么东西了，也明白了你曾经所在的公司为什么会发展得那么好。”

培训意外地结出了果实。跳槽组和新毕业组、年长者和年轻人以及部门单位之间的围墙慢慢地被拆掉，人际交流变通畅了。员工有了信心、销售活动变频繁，公司得以不断改善，业绩也越来越好。就这样，公司冲出了低迷期，不仅公共事业进展顺利，还开始进军住宅施工领域，而在钢铁构架工程的老本行中，他们也以其他公司难以匹敌的质量与价格打败了众多竞争对手。

A将公司、尤其是将员工当做“公”来对待，投入了时间和金钱。员工也看到了会长的良苦用心。并且，在双方的相处中，也会慢慢产生信赖和牵绊。

我还知道有一个公司情况和这个完全相反。也是辛苦了一辈子经营的公司，但儿子继承事业当了社长后把公司搞砸了。作为会长的父亲不得不再度出山，回来经营公司。这个儿子平时听不进部下的提议，对忠言也满不在乎，而且还总把“这是我的公司”挂在嘴边。这就是一个缺乏“公”概念的典型例子。

人有将“私”的部分无限扩大化的本性。越是上层的人，由于顾忌少，越容易蛮横地将这种扩大正统化。

16 现在正是“Span of Control”的时候

“Span of Control”可以翻译为统管界限、管理界限。它原本是经营管理用语，指在组织中上级进行管理的有限性，超过这个界限就无法进行管理的组织原则。这里将它的意思扩大一些，用来解释公司和企业所面临的一些问题。如今，公司和企业处在一个非常复杂的环境中，不知道什么时候、以怎样的形式就会被卷入丑闻、事故或无法预料的事态中。

有家制作点心的公司就因为使用污染米，和所有其他加害者一样被昭之于天下，蒙受了巨大的损失。也就是说如果公司超出了管理界限，就相当于没有任何防止丑闻发生的方法。不过由道德缺失引发的丑闻另当别论，一个组织内部本身具有统管界限。例如，人员数、组织阶层、物理距离、企业数或分店数、经营的产品或服务本身、商品的种类和数量、业务的专业化和高端化、人种、语言、政治体制、相关法律制度等，像这些必须进行统管的东西不计其数。另外还有投资、投机、期货交易、金融、基金、汇兑等用古典经济学的观点无法解释和解决的东西。刚刚过去不久的次贷危机就复杂到了连银行家也解释不清楚原因的程度。因为不知道问题的全貌、深度、原因和实际状况，所以他们才会姑且采取止血行为来保护金融体系和幸存的银行。显然，这不能根本性地解决问题，但不这样做也没别的办法。

在大多情况下，统管的界限起因于规模的大小。为克服这种界限，可以采取分社化、分权化、分业化的方法，也可以采取均质化、统一化、专门化、专业化、进而集中化的方法。除此以外，别无他法。国际性企业的现地法人化就是一个采用后者方法的例子。

要么分散化、要么集中化，没有其他对策。

松下电器产业就是一个废止传统部门式组织、合并电工、集中资源的成功改革范例。

近几年来，永旺一直致力于合并地区法人、整合关联服务公司的事业。也就是集中同种、同业态。2008年，永旺进行了分社化，成为控股公司，而佳世客成为永旺零售股份有限公司，其政策和资金投资都集中到永旺（股），将150家公司的现有产业集中变为事业公司。集中和分散是冈田的强项，他既有传统的技术，又有变化革新的精神，也就是所谓的废旧建新。现在，永旺所面临的课题就是接下来应该如何设定业态，GMS的主流业态今后将何去何从。

自担任会长以来，冈田逢事都会笑眯眯地说“废掉GMS”，好像他破坏东西的兴趣比创造东西的兴趣还要大。“人们总执著于现在，这样下一个业态永远都不会出现。没有了就不得不进行创造了。”这是冈田的理论。换句话说，创造就是破坏。

从管理界限的角度来看，GMS的商品种类太多，无所不有是GMS的特点，但现在一站式购物已经失去了它的魅力。

我们说一下商品种类多的问题。商品幅度广，必然有眼睛够不到的地方；商品种类多，成本也会相应地增加。专卖休闲品牌的UNIQLO通过限定商品的种类和价格带，降低生产和管理的成本，同时也便于操控；专卖服装的岛村[1)]也采用了同样的经营方式，只从总部投入商品，没有追加订货的机制。仅因此就能减少一半的管理成本，并且光靠零工就能保证店铺的正常运营。

随着商品的综合化，集中化变得越发困难，这时就会产生管理界限。而越是专门化、标准化，就越容易集中化，这在某种程度上可以克服管理界限。

1）日本的品牌名称。——译者

17 永旺中国的前途

永旺在中国的事业统称为永旺中国。

永旺是位居日本第二的零售业集团，但在世界零售业销售额排行榜上仅居第21位。位居日本第一的Seven & i Holdings也只排在了世界第17位（参考2007年度世界零售业销售额排行榜、整体决算财务报表）。

排名前50位的国别企业中美国有20家、英国5家、法国8家、德国6家、荷兰2家、澳大利亚2家，日本为上面所说的两家。

以上的企业都在全球范围内开展事业。到目前为止，永旺已在马来西亚开了23家、泰国开了8家店铺。自从1987年在中国香港开了第一家店以来，又相继在中国华南地区、山东地区陆续开了24家店铺。2006年5月，为了加快在中国的事业进程，永旺在北京设立了中国代表处。2008年11月，永旺在北京开了一家占地9万平方米、拥有可容纳3000辆车的停车场的商场型购物中心（SC）。该商场由永旺GMS和140家专卖店组成，由隶属于永旺集团的、拥有SC开发技术的永旺商场、7家物品专卖店和3家服务公司共同参与。

在中国已经有沃尔玛、家乐福这样的大型超市。它们以销售日用品和食品为主，以低价格为武器进行事业扩张。

永旺的战略与沃尔玛、家乐福大为不同。永旺主要采取三种进驻战略：以GMS为核心的专卖店商场型购物中心SC、永旺商场和永旺集团的“联合舰队”。这是在预测到汽车普遍化必然到来的基础上、瞄准“中产阶级”的扩展战略。

永旺拥有自1985年以来在马来西亚、自1987年以来在中国20年以上的海外拓展史。从某种意义上说，这是一段通过尝试积累经验的历史。通过这段历史，永旺的海外体验者积累了厚实的经验。

从事业的角度讲，退出上海的经历对永旺来说也许是个败笔，需要时间抚平。在人们的印象中，永旺在中国的定位是高级百货店，却在收入偏低的西边开了店。那里的人们光看不买，或者说购买力偏低。在这点上，这次在北京开店算是一个成功。

一直以来，和在日本一样，永旺在中国的新店开业之际都会进行植树活动。植树活动由中国市民和来自日本的志愿者参加。从1998年万里长城森林再生项目启动以来，植树已达80.5万棵，它的目标是到2009年5月种到100万棵。由永旺和中日市民进行的环保活动受到了高度评价，中国政府对永旺的信赖也逐步增强。这种长达二十多年的朴实行动促进了永旺和中国开发企业之间的业务合作。

这次北京SC开张之际，除了植树，永旺还致力于环保事业，安装了具有环境关怀性能的“雨水利用系统”、“屋顶太阳能”、“生态信息”等。永旺致力于环境和生态，在中国也不例外。这些都是永旺在长期的实践中积累的经验，是经过历史检验的经营理念的体现，也是永旺值得自豪的闪光点。

永旺中国还有另一个长项。不采用从外部进驻的方式，而是建立“永旺中国”的当地企业，在当地由中国人创建永旺。这样，创建100个店铺便不再是一个遥远的梦。中国是一个魅力十足的国家，同时是一个大的生产市场、消费市场。中国总代表田中秋人年轻时候就一直受小嶋的熏陶，是一个曾在马来西亚有过艰苦经历和成功体验的人物。他的了不起之处在于采取正面进攻法，而且具有国际主义精神，不论男女老少、无论国籍，他都认为“人是一样的”。几十年后，我听到了这样的评价：“正因为有他，永旺集团才得以将支点转移到中国。”

18 从量转化为质

K是青年陶艺家的旗手。膜拜K的青年陶艺家有很多。在他的个人展上，顾客需要排队买票，而且一会工夫他的作品就会被抢空。起先他作为一名手艺人在某陶器制造厂工作，每天都以1000个花盆或食器的速度飞速转动着卷扬机。数年后，他离开制陶厂，历访中东、近东及非洲的村庄，用当地的土壤致力于制作陶器。从他的作品中可以感受到超越世界和民族界限的大规模和大气度。同时，他的作品中充满了土壤的气味，小小的作品中彰显或优雅或妩媚的线条和美丽的造型。这就是一个从量转化为质的过程——年轻时每天用卷扬机制作几千件陶器的单调制陶体验和历访中东、近东及非洲的某种精神相互结合，使他从一个手艺人变成了一个陶艺家、艺术家。K是小嶋的美术馆落成之后开馆展览的艺术家之一。

小嶋是一个非常注重数量的人，她认为数量是学习的基本。有一次，我问小嶋："如何才能培养欣赏美术或艺术的眼光？"小嶋回答说："不管好坏，多看是关键。看得多了慢慢地就会知道什么是好什么是坏了。比如，看绘画作品时，从银座画廊的这头看到那头。百货店的画廊也要看，碰到什么看什么。这样才能培养出你的眼光。现在什么画风最有人气、什么样的画家最受欢迎、处于哪个价格带、哪个卖得好，等等，慢慢地就会明白。"对她来说经验就是时间和数量。

我在新员工时代接受的重要培训之一就是"数量管理"。每天都需要将当天卖掉的商品的价格标签存根（收款时将卖掉的商品的价格标签分成两半，留下一半）带回宿舍，进行统计：白色的棉衬衫1500日元的共5件、2000日元的共25件等，这样统计出一个月内的销售量，就能对每周的变化、热门贷、冷门货等各项情况有个把握。而且，不久就能预测“今天能卖多少件”。总之，通过数数可以掌握很多本领。有一次，采购部长来了，问道：“东海，这种衬衫一周能卖多少件呢？”我立马回答说：“1500日元的这种衬衫能卖20件，2500日元的白色棉衬衫能卖150件。”“这样啊，下次跟着一起去大阪采购吧”，这样我作为一名合格的卖场担当得到了上司的认可。

零售业说到底是“数量管理”的世界。如果不把顾客的行动和要求转化为数量加以把握，零售业就无法存在。单靠来店人数、购买人数、购买件数等“金额管理”容易做出错误的判断。比起高额商品的销售，低价多销的商品比较好。有些东西只看POS数据无法掌握。这是因为POS数据中没有能够转化为经验这个质的催化剂。就像优秀的律师办过很多案例、优秀的外科医生拥有丰富的手术经验一样，都是同样的道理。

永旺一直致力于植树活动。原则上是在新店开业前组织当地的顾客志愿者进行植树，因为让园林工作人员植树是没有意义的。植树的目的是通过植树活动共同创造能够守护我们家园的森林。永旺已在686个地方植树达862万棵。在中国，从1998年开始到2009年，永旺计划种植100万棵树。据说，永旺进驻中国北京受到了中国政府的欢迎。看来永旺长期以来对环境做出的努力得到了高度评价。100万棵的数量转化为质，转化成了“信赖”这种无形的资产。

19 废除第二资金部

1977年小嶋担任督察职务的时代，K部长原本是一名长期在经营企划室担任组织制度等职务的优秀干部，后被调到了财物总部，担任第二资金部部长。资金部是一个对集团整体资金进行操控的部门。有一次，K部长来到我们人事部。正好，担任督察职务的小嶋也来了。小嶋看到K后问道："你现在干什么工作呢？"K回答说："今年设立了第二资金部，我的工作是用剩余资金买进其他公司的股份，扩大经常利润。"听了之后，小嶋开始发火，说："不需要这样的部门，你们到底在想些什么呢？没有靠买进其他公司股份赚钱的必要。通过这样的方式来扩大利润，从数字方面看是会好一些，但没有任何意义。一群不靠正业赚钱的笨蛋，能想出一些更好的事情吗？谁提出的？你吗？谁呢？我绝不会放过让你这样优秀的人干这些事的家伙。现在就去把它解散了。"小嶋的脸涨得通红，说完就气冲冲地走了。所谓第二资金部就是公司的财务技术部门，随后，这个部门便解散了。

专注于主业的公司很少有倒闭的。倒闭的大多是经营副业或投资失败的公司。这些公司施行所谓的资金运用策略，买进股份或其他金融商品后，资金可能会出现一个大缺口，为了填上这个缺口不得不将手伸向风险更大的产业，也就是将手伸进了粉饰的染缸。这样，慢慢地公司连主业是什么也不知道了。泡沫经济时代，银行通过融资来煽动人们进行房地产、高尔夫球场、宾馆、美术品投资和海外投资，不用说公司了，连普通的家庭主妇也疯狂地购买股票。

冈田经常会被问道："永旺成功的秘诀是什么？"他回答说："将主业贯彻到底。泡沫经济时代，很多公司都插手其他领域，他们也曾试图拉我们一起下水，但我们没有这么做。他们真是做事没原则啊。”冈田以前就说过：“我们要将零售业做到底，不插手制造业。”永旺的事业领域范围是非常明确的。

冈田还说过：“要通过资产负债表来看公司的财务数字，光看损益计算书是不行的。”通过损益计算书只能看到用多少资金获得了多少利润。而我们要全面地、联系地看问题。经营是资金的源泉和活用资金的成果。活用就是要看将这些钱用到哪里，看投资与收益的比例。总公司和子公司的关系也只有用联系的观点才能看明白。冈田非常重视这点。

如果只用利润来衡量经营，从事主业的获利确实很少，少得有些可怜。所以有些公司想插手能瞬间获取暴利的金融衍生品行业，这种心情是可以理解的。但那不是事业活动，是投机行为。如果在出口辛苦制造出来的“产品”时，不是为产品本身，而是为日元升值、贬值的汇率变动一喜一忧，该是多么无奈啊。

看看现今企业所处的环境，我不由得想问什么是“企业的存在价值”、“社会存在意义”。美国式的股东利益至上主义带来了什么？失去了什么？为了股东之类的投机家，管理者疯狂地保全短期利润，陷入短期逐利中，丧失了长远的眼光，将人和资源慢慢侵蚀殆尽。人和金钱成为商品的时代是可悲的，金钱仅是用来促进经济活动的物品，而人才是经济活动的根本。

有谁还认识能将这个世界中第二资金部摧毁的人呢？

20 计划是今天对未来的决定

不管对于个人来说，还是对于公司经营来说，计划都是万事之始，是对目标或未来的总体展望和具体表现。

假设有一个攀登枪之岳[1)]的目标。选定的登山日期不同会让装备和计划完全改变，和谁一起去也会影响登山计划，独自一个人去和两三个人一起去，大家所做的准备、分担的物品就不同。准备几天的行程？坐火车还是开私家车？各种情况的预算是多少？时间、日程、人数、交通工具、预算等不同，情况也会有很大的变化。假设具体事项都定下来了，就有必要对路线、日程进行以时间为单位详细的讨论。

早晨7点到达上高地[2)]，吃早饭，8点出发，几点几分到达明神池[3)]，休息15分钟……几点几分到达横尾[4)]，休息15分钟……我们需要制定这样的具体计划，如果有不合理的地方，则需要修改，有时甚至需要对整体计划都做出调整。这种计划算作是一个计划概要，临近活动开始的日子就得选择方法、手段，做出行动方面的具体实施计划了。

说到公司，追求目的和成果是理所当然的事，这既包括经济上的成果，又有“提升企业形象”等软性目标。有时，高水准的目标或长期目标会表现为理念和信条的形式，被命名为方针、主旨、行动方针等，这些都是定性目标。与此相对，目的和成果有时也表现为年销售额10亿、经常利润0.2亿等数值目标上。

具体来讲，长期计划、中期计划、年度计划、月计划等阶段性计划与生产计划、销售计划等个别的业务计划相结合是一种最为普

1) 日本山名。——译者
2) 日本地名。——译者
3) 日本地名。——译者
4) 日本地名。——译者

遍的形式。

公司目标具体化就成为了部门目标，部门目标具体化就成为了科级单位的目标，科级单位的目标进一步具体化就成了个人目标，这就是目标的连锁。个人目标必须比上一层目标更加具体，是行动级别的目标。上面所说的登山的例子，我们制定的是每个单位时间内的行程目标，此时计算背着20公斤的行李每小时走多少公里时，需要从到达山顶的时间倒过来计算。此时我们会发现为了达到这一目标，平时的锻炼非常重要。由此，锻炼方法也成了目标的要素之一。从而，平时有意识地进行自我学习、自我锻炼等也成了必要。

做什么、什么时候完成、如何做、做到什么程度、和谁一起做，这些都必须纳入计划。换句话说就是必须规定人、物、金钱以及时间的范围和深度。

说到设定目标，单靠从上到下，也就是所谓的“Top-Down”模式是完全没有效果的。提出上层目标后，必须由下面的部门、个人自己来设定目标，然后彻底弄清楚下层目标与上层目标之间是否具有连贯性、部下设定的目标是否有创意、是否具有挑战性，进而商讨手段方法是否得当，这就是对目标达成共识的过程。能达成共识的目标是强大的，而勉强获得同意的目标是脆弱的。

我们回到登山的话题。如果全部由上司（公司）事无巨细地安排好登山计划，然后只告诉下面的人“好了，开始登山了”，会怎样呢？本来非常有趣的登山活动就这样变得痛苦不堪。至少我是不会去的。只有针对攀登枪之岳这个目标，自己来做计划、调整、实施，才能为达成目标不断进行自我锻炼。这样才会从中收获成就感，不会觉得辛苦。

而勉为其难的经营，既不会让人获得成就感也不会让人经受挫败感，只会培养越来越多漠不关心的旁观者。

对于经营，小嶋根本想法之一是“依照目标进行管理”。首先要有设想、目标和计划，也就是看清未来。不管公司还是个人都是如此。只有当公司的目标和个人目标相一致时，其成果才会显著、丰硕，这就要求从业人员必须自立、自律。这种自我管理、属于行为科学范畴。

21 有意识地进行观察

零售业是服务人的行业，商品能不能卖出去大都取决于人的心理。有时，昨天卖出去的商品今天一件也没卖出去，有时到目前为止一件也没卖出去的商品突然热销了。一年365天，来店的顾客千姿百态，没有重样的。尽管如此，我们来看看一年的情况，却会发现今年和去年相比没什么变化。比如，虽然顾客的生活方式不同，店铺的商品、体制、对策也有所不同，可去年3月15日和今年3月15日这两天的销售额体现在数字上却几乎差不多。

而且还会有这种情况。到降价出售的日子，很多顾客都接踵而来，店里很是混乱，店员将商品运到卖场，刚把纸箱放下来，有些顾客就涌上去，打开箱子将商品一抢而空。

我还是新员工的时候就经常听小嶋说："要有意识地进行观察。这样做可以让你发现规律、看到想看的东西、成为一名专家。"而且，她还会追加一个例子："比如说，你就观察研究一下台阶，日本的、全世界的台阶……"

"动线[1)]"、"磁石点理论[2)]"、"黄金位置[3)]"、"色彩控制"、"热销品"、"价格适中感"、"购买率"等这些超市经营用语都必须经过有意识的观察后才能深刻掌握。

将顾客的行动画在设计图纸上就是动线，整个过程就是动线调查，调查顾客走近了哪里的货架和商品、是如何逛店的。说得简单一些就是跟踪调查。做了这样的调查后就会明白几乎所有的顾客

---

1)是建筑与室内设计的用语之一。意指人在室内室外移动的点，连合起来成为就成为动线。优良的动线设计在博物馆等展示空间中特别重要，如何让进到空间的人在移动时感到舒服，没有障碍物，不易迷路，是一门很大的学问。超市与百货公司的动线设计也是如此，有时更特别加强迂回，以便消费者能多看到各个销售点。——译者

2)是指在卖场中最能吸引顾客注意力的地方，配置合适的商品以促进销售，并能引导顾客逛完整个卖场，以提高顾客冲动性购买比重。——译者

3)货架的高度基准，以不移动视线就能看到商品为宜。一般以男女老少的身高为基准。——译者

都会走近某些特定的地方，而有些地方则几乎成了死角。几乎所有顾客都会走近的地方大都是一些购物频度（消费频度）高的商品、热门商品、认知度高的商品（电视广告商品等）。从店铺的角度来看，它希望顾客能够走进店里的每个角落、购买很多商品，因此只设一条主路（大道）是不行的，它必定在整体的设计中考虑能让顾客走近每个角落的方案，而且为了吸引顾客的注意，零售店会有意识地对购物频度高的商品、热门商品、认知度高的商品进行陈列，还会搭配色彩使用、加入流行元素以唤起顾客的购买欲望。一成不变难免会让人生厌，所以零售店会在货架的两端设置端头卖场，陈列大量物品，通过低价来吸引顾客。

以上都是设计店铺和布置卖场时必不可少的调查。准备充分、胸有成竹了，才能迅速从顾客的某种行为中大体把握他有什么购物需求。例如，四五个人中有一人会买豆腐、一束菠菜超过了150日元就会没人买了。过去，通过下午两点统计的销售额可以预测晚上七点关店时的销售额，只要有意识地进行观察，就能发现店里顾客的行动规律。有的商品的销售额与气温、节日、季节、气候、商业广告、经济状况等有很大的关系，而有的商品的销售额和这些因素几乎没有任何瓜葛。也就是说，各种环境变化会通过影响顾客的心理从而影响商品的销售情况。细致、有意识的观察才会促进卖场销售，否则卖场就会变为一个“仓库”，成为安置滞销品的“坟墓”。

不仅是零售业，任何行业都是这样。对于同一个东西，压根没想看的人什么都看不见，而有意识去看的人可以则看到它的本质和规律。聪明的人看见1可以悟到10，愚笨的人看到10也悟不出1。

有意识地进行观察是总结科学规律的开始。

22 最高层的健康和爱好

当成为公司的最高层时，“身体”也就是健康，在某种程度上也属于“公”。因为他对众多的从业人员及其家人、客户等相关从业人员的生活都负有重大的责任。如果不幸生了病或去世，那么经营有可能就此一蹶不振。大企业尚且如此，中小企业就更不用说了。小嶋很早就失去了父亲、接着失去了母亲、后来又失去了姐姐，她从骨子里明白健康的重要性。

佳世客成立后不久，合作方SIRO股份有限公司的井上社长就去世了，年仅41岁。合并的进程便因此耽搁。本来合并事宜已经商定成功，但失去了社长的SIRO员工就像失去了支柱一般动摇不定，甚至有一部分人对合并产生了误会，组成了第二劳动工会。可这不仅仅是一个工会的问题，对于新生的佳世客来说则是一个严重的危机，而如果社长健在是万万不会发生这种事的。于是，冈田决定放弃SIRO。不过后来SIRO的经营慢慢得到改善，完成了与佳世客的合并。但社长的去世给整个合并带来的巨大波动是毋庸置疑的。

不过有时一些无法预防的病或事故会找上门来，最高层对此也无能为力。唯一能做的就是自觉“并不是一个人的身体”从而进行严格的自律。不允许自己放纵饮食生活，尤其是烟酒、挑食等。成为公司最高层后，会有很多聚会和酒席，怎样保护好自己的健康就看个人的能力了。

小嶋对干部职员经常唠叨健康问题，对最高层就不用说了。她不允许公司高层职员不注重健康，甚至会给这样的人打上管理失职的烙印，因为损害健康只能让自己和家人走投无路。另一个让小嶋追着不放的就是赌博，赌博绝对不是一条通往幸福的道路，也会让家人痛苦不堪。小嶋完全不信任沉迷于酒或赌博的人，因为她认为健康和赌博都需要进行自我约束，她无法将重要的公司资产和从业人员交给连自己都无法约束的人。

属于“公”的最高层还有一个需要留意的地方就是爱好。也许有人会想，个人爱好会有什么问题吗？从室町时代，人们将沉迷于茶道具或茶碗研究，而导致仕途失败的武士以及店铺倒闭的商人称为“数寄者[1]”。最近，一个大型造纸公司的会长说要将凡·高的画带到墓中，曾经引起了一段社会非议。而另一个某电力公司的会长用公司经费购买中国陶器。这些人的行为不配作为公司高层。

有兴趣爱好是件好事。在电视或杂志上看到大企业的社长抱着宠物或研究园艺，我会感到一种亲近感和人情味。但是，兴趣过于“私化”就是个问题了。尤其是在公司内或和与客户的关系中必须注意这一点，有相同爱好不一定是好事。部下会利用爱好接近你以获得欢心，客户会利用爱好接近你以获得有利的交易。有些最高层喜欢在宾馆的吧台喝酒，不久他周围会聚集一帮称为朋友的人，其实这些都是对方公司的公关人员。最高层带着某个特定的部下一起去打高尔夫球也是要不得的，同行的那个员工就不用说了，没有去的其他员工也会一改对最高层的看法，认为领导偏心。一来二去，慢慢地就会形成派阀，冲突便由此开始，不正规的组织慢慢开始侵蚀正当的组织。所以，公司中“爱好”是一个恐怖的东西。

因此希望高层至少在现在这个职位上克制一下自己，或者干脆不要把兴趣带进公司。不合群、无法接近、无法看透是一个最高层必须做到的。

而在公司，最稳妥的爱好就是“工作”。

---

1) 风雅、儒雅人。——译者

23 被遗忘的管理

在OKADAYA时代，主要客户中有一家针织品公司。

这个公司排名位于高级品牌郡氏[1]之下，以低价商品为主打，是一家具有相当实力的公司。在三重县80%的汗衫都经OKADAYA销售的时期，其中的好几成都由这个公司生产。当时由于OKADAYA一个店铺每天就要进三四十箱货，所以它在OKADAYA的主要店铺设置驻派员，专门负责迅速开捆、贴价格标签的工作，否则难以保证店铺的上货量，当时这家公司就是如此繁荣。不知道记得是否属实，佳世客成立后不久，这个公司就倒闭了。

不管哪个业种、规模大小，这样的例子实在是太多了。倒闭不是由大动产业结构引起的，而是在看似顺利的发展中慢慢出现的。就像泰坦尼克号一样，表面看来是事故，但事实并非如此。

这是一种病，病名为“由管理欠缺引发的整体机能不良”。这是一种成人病，不会传染。

雪印食品、山一证券、佳丽宝等具有品牌实力的企业，也在瞬间倒闭了。虽然直接导火索各有不同，但深层原因都是上面所说的那种病。这绝不是偶然，而是细小必然的集合，所谓的千里之堤毁于蚁穴就是如此。公司倒闭前肯定有过预兆，但大家一直都处于视而不见、听而不闻、知而不言的状态。指尖感到痛，却没有传达到最上层，或者最上层认为指尖痛没什么，重新换一个就行了。或许有心的管理者都被排挤掉了吧，换句话说就是神经系统被切断了或处于麻痹的状态。

不仅是企业，学校、机关、医院、霞关[2]等所有的组织都有这样

---

1) Gunze，日本最大的专业内衣品牌。——译者

2) 东京都千代田区的地区之一，因为各政府机关都集中于此地，所以常用来泛指政府机关。——译者

的预兆。这些机构都不具备经营的视点，尤其是学校、私立医院等地方没有管理部门、经营部门，即使有也非常脆弱。虽然它们有事务局，但只是对事务进行一下简单的汇总，换句话说这些机构的共同点就是没有管理者。从经营的角度来看，教师和医生是专职人员，他们肩上有太多的负担，没有精力兼顾管理，因此校长应该担当管理者、经营者，而市民医院的管理者应为市长。不过长远来看，这也是不合理的，因为它们需要更多高度熟练的专门管理者。

从企业经营的角度来看，霞关的“省益”[1]行为等是非常可笑的。这就像在经营者不知情的情况下，各部门私自开设子公司，用来赚钱、雇佣亲信。如果经营者默许了，那么这种行为就是公司整体的背叛行为。本来，股东是国民、经营者是政府，大臣是经理、次官是常务。但是，事实却并非如此，专务是越后屋[2]，而大臣却成了顶门棍。

事实上，“管理欠缺症”在蔓延，而且症状已经逐渐显现出来。很多人对此都有所察觉。它正在引发制度疲软和金属疲劳[3]现象，大厦的钢筋正被慢慢腐蚀着。

特别是泡沫经济后的长期萧条、美国式的股东利益至上主义、虚拟金融经济、IT带动的信息全球化及同步性完全改变了经营的实质。说得极端一些，他们正在慢慢丢掉管理这种营养成分，不断地注射兴奋剂。

那么，管理是怎么一回事呢？通俗地说，管理就是“以人为中心的经营机制”，是公司整体、是统合、是自律、是启发、是关照、是知识、是技术。

汽车制造是一种最为典型的管理业。它是一个综合生产业，将

1)各省厅的利益。不以国家利益为重，事先考虑所属省厅利害的官僚倾向。——译者

2)日本江户时代的一户名门望族，原本兴旺的家业传到少主人越后屋手中后便日渐衰退。——译者

3)固体金属在长时间反复受力后，造成原有的强度等物理性质衰弱，甚而产生龟裂、断裂的现象。此处比喻欠缺管理导致组织分裂。——译者

几万个部件通过几百家相关公司或承包公司制成汽车。

如果简单从资本理论、金钱理论来看，工作仅仅是冷酷无情的、雇用与被雇用的关系，为了削减成本什么都变得理所当然。

听说有家在全国范围内开展事业活动的企业，为了削减经费将各分店的电话转接业务外包化、一元化，分店不再需要接电话，而是让员工拿上手机，通过中心直接收接来自顾客的电话。不管顾客居住在哪里，只要给中心打电话，在全国任何一家分店的员工都可以接到。比如说，北海道那边接电话后，问明缘由、接通负责人。由于是中心接电话，他们不知道分店的实际情况，就得详细地向顾客问明缘由，这样会费很长的时间，而顾客则会因为感到不方便而发怒、抱怨。即便如此，这些抱怨也无法传到公司。因为交换中心和公司之间唯一的联系就是金钱，中心想继续这种契约，所以会对公司说万事顺利、这样做效果很明显之类。而顾客会对这个分店、包括整个公司都产生不满。管理是整体、是统合，很多时候部分良好不代表整体良好。

启发就是诉诸人的良心、促进自立自律、自发创造、赋予自我学习意义、对自我成长负责，是从他人管理到自我管理行为的一种转换。

关怀就是作为一个人的温暖关怀，是对异己他人的认同。没有相互争夺的行为，有的是共享的心态，帮助他人成长，为他人的成功、成长感到高兴。

那么，企业需要什么样的人呢？需要懂管理的人、需要擅长调动部下进行工作的专家、需要思考公司的目标和指示、调动部下共同创造成果的人们。

拿人的身体打比方，管理相当于关节，不仅需要专门的知识和技能，也需要经验。且管理不能说不要就不要，因为没有关节，骨头就变成了一条“棍”，一不小心就会折断。

管理虽不是万能的，但是最好的选择。然而，最近它似乎被大家遗忘了。

24 “爱社精神”

这是很久以前的事了。曾在东京某宾馆有一个上市公司的高层聚会，聚会结束后，正当这些高层要回去的时候，突然下起了雨。外面，公司的车在排队等待。其中一个司机连伞都不打，冒雨站在后车门旁等待着自己的领导。本来其他公司的司机都是一边避雨一边等待，看到这个司机后他们也都不打伞站在了外面，可这些高层却都若无其事地上了车。我忘了这是从报纸上读到的还是从别人那里听到的，不知道为什么一直留在记忆中，而且让我想到了很多。

某化妆品公司以宣传为由，让女员工穿上公司的制服上下班。某百货公司让员工上下班时用自己店里的购物袋。还有一个汽车公司，不乘他们生产的车就不让从业人员和客户使用停车场。所有这些都是公司的权利支配，不是“爱社精神”[1)]。

在长期的工作生活中，我从没听小嶋和冈田说过“爱社精神”之类的话。当然，他们也从没要求过。如果将爱社精神强加给部下，那和直接警告“你是笨蛋吗？时间那么多的话，多做一些本职工作、多学一些东西啊”没什么两样。

永旺精神不是“爱社精神”，而是“归属意识”。“归属意识”就是一体感，是从自己的工作为整体做出的贡献中得到的一种近似于成就感的自我满足，是不管工作顺利与否、成功与否，都会得到公司包容的一种安全感。

对于从业人员来说，最大的不幸就是处于不被表扬、不被批评、不被问候、完全被无视的状态。

前面已经提到，小嶋的口头禅是“有什么问题吗”、“最近在学习吗”、“最近在读什么书呢”、“有什么困难吗”等，而冈田

1）“社”是日语“会社”，也就是“公司”的缩写。——译者

的口头禅则是“怎么样”、“你在干什么呢”。

两人的共同之处就是会对所有的从业人员送上关怀的话语，平等地向每一位从业人员问好。

第 4 章 创建活力组织的标尺

1 从家业到企业

在经营上，有些事情大家都明白却无法做到，那就是对于家业和企业的选择。这是一个随时都可能出现的问题，与业种、规模大小、是个人事业还是法人事业无关，仅是管理者如何看待事业的问题，这是种经营哲学。小嶋千鹤子经常为各地的商业街和第二代管理者做报告。每次报告的第一句话都是：“如果在座的有谁经营事业是为了赚钱后开奔驰，那就请回吧。我的话对你没有任何参考价值。”

最近，在拜访某公司回来的车上，小嶋对我说：“东海啊，公司虽然很多，但大多公司都在做毫无意义的事。经营者自己放弃了做大事业的机会。他们把公司视为解决税金的途径，把自己的家当作公司宿舍，用公司经费支付煤气费、水费、电费、甚至伙食费。更有甚者，妻子成了实际的财政部长，连爷爷和奶奶都给支付工资。完全家族企业式的公司暂且不说，如果有雇用员工的时候，那该如何是好呢？在我小的时候，我们公司就将‘里屋’和‘店铺’分得一清二楚。现在又有了就业规则，尤其是对‘公私’，区分地非常严格。”

有些公司即使发展到了相当的规模也没有公私之分。

经营者比员工更有必要严格遵守公私的区别。何为公、何为私，这就要看经营者的见识了。小嶋将“公司”看作社会的单位，将经营者也看作社会的单位。她对很多经营者都说，既然是社会的单位，经营者就必须满足三个基本条件：①严格要求自己、②绝对无私、③把公司和组织放在自己之前。

再回到前面与公司经营者的谈话中去。那个经营者和小嶋商量道：“小嶋女士，我做这个生意这么多年了，经济繁荣的时候生意还好，但泡沫破灭后经济开始萧条，公司负了很多债务，我决定让儿子继承公司，但我又不忍心让他接手这样一个债台高筑的公司。我想尽量处理一些手头的商品，补充公司的资金……”听了之后，小嶋说：“你这么想是不对的。你供孩子读到大学，已经够辛苦了，虽然公司有赤字，但这么厉害的公司是你留给孩子最好的东西。”说着，小嶋把视线移向他的儿子：“你要好好干啊，从赤字出发是一件不错的事情。如果你有能力，就可以将赤字变为零，再努力一下就能变成盈余。如果没有这样的决心，你现在就不要马上继承这个事业。”听了小嶋的话，他的儿子吃了一惊。

小嶋曾在某商业街的报告会上说过这样的话：“应该考虑如何构建整个商业街的未来以及如何构筑各个商店的未来。在考虑各个商店的时候，还要考虑到店铺这种有形资产、字号、业种，以及经营者的生活方式、家人生活、继承人问题等。从更大的方面来把握的话，就是如何看待人生的问题，其中继承人问题尤其重要，有时候大家会对继承人的‘儿子’抱有过高的期望，或者过于担心儿子，不让儿子完全继承事业，这其实是在溺爱孩子。公司如果不综合考虑这些事情，就只能来回兜圈子，没有任何发展空间。”

小嶋说，只要把公司看作社会单位、把组织放在优先的位置，就会有更多的选择并能得到最好的结果。

2 止则浑浊，长则腐败

不管是企业、医院、学校，还是民间、政府，所有的组织都需要不断补充营养、填充新鲜氧气。从这个意义上说，把组织比作人体再合适不过了。

组织是结构和机能的组合体。人们常说，组织要服从战略，组织的结构和机能需要随着战略的变化而变化。但实际情况并非如此，如果组织的存在本身被目的化、放置不管的话，组织就会进行自我增殖。面对这种情况，我们应该怎么做呢？只有改变在那里工作的人了。小嶋将这一点作为一种制度运用在人事中。当时，佳世客的人事中有“长期滞留者”一说，意思是在同一职种或在同一地方干了3~5年以上的人。公司每年都会将人事数据做成名单，这也是调动对象的名单，而调动的唯一原因就是待得太久。每到制作人事调动方案的时候，人事总部长小嶋就会首先告知部下这次调动的着重点，然后让他们根据策划方针制作具体的人事调动方案。人事调动方案是一个综合体，包括复合性、横向性及制度性在内，具体来说分为“方针要求”、“业绩”、“佳世客大学的结业课程”、“上级意见”、“自我申报内容”、“各地区总部及地方分公司的要求”以及“长期滞留者名单”等要素。

拿我自己的经历来说，赴任店长的第一年是忘我的一年，第二年是实施自己的方针和做法全力以赴的一年，第三年是开花结果的、丰收的一年，从第四年我却慢慢开始出现了惰性，失去了改变现状的欲望，从革新转向了保守。

但是，停滞会阻碍革新，让人陷入自我追求与组织要求无关的自我满足中，有时还会引发不正当的行为。被媒体曝光的很多贪污事件或事故几乎都源自于放任不管、无所作为。所以公司和组织应当切实担当起责任，切实实施横向、制度性的处理。不过针对这一处理方式，公司内经常有人说这是小嶋和人事总部的强行发动，并戏称公司是“人事王国”。而这点正是他们不明白事物本质的表现。

从制度的角度来看，当时佳世客内部发生的不正当行为和事故都可以归结为“长”——长则浑浊、腐败。

发生某事件后，从不愿提及过去的小嶋和我说了这样的话：“要是当时能够不顾社长的反对坚持下去就好了，就不会变成现在这个样子了。”那是关于T的事情，他至今都清晰地留在我记忆中。T是一个有上进心、有能力、有发展前途的人，佳世客派他负责与某家海外企业的合并事宜。当时公司正头疼于出现的食品污染问题，正是得益于进口此公司的非污染食品，才让公司正面评价逐渐增多，而这正是T的工作之一。合并工作刚开始时非常艰难，但不久就步入正轨。T单身赴任长达三四年，临时回国也从一年五次到三次、两次，不断地减少。当时，我作为人事科长也负责管理海外赴任者，每到人事调动的时候，T就会成为一个话题。

他是一个不可代替的重要人物，不管多么想调回他都找不到替代者。这样，T单身赴任长达七年，即使他精神坚强，可责任的重压以及长时间的单身赴任还是令他开始慢慢变得颓废。

更令人吃惊的是，他还和外国人一起经营着另一家同样的“公司”。事情败露后，T理所当然地被解雇了。听说此事之后他继续留在那个国家，后来因为遭遇了一起不小的交通事故，才回到了日本。自那过去十年后，有一天我偶然遇到了T，他就在离我家不远的一家工厂工作。我们都看到了对方，但没有打招呼，不久，我就听到了T去世的传闻。小嶋那句包含凄凉和悔意的话一直言犹在耳。出了这种事，不仅是当事人本人的责任，更是本应采取预防措施的公司的责任。

3 对组织进行CT扫描

合并是公司与公司的联姻。小嶋在合并时所采用的“公司整体诊断法”相当于对组织进行CT扫描。

这也是考察公司整体实力、发现问题和发掘人才的方法。虽然它实行起来比较麻烦，但确实能达到把握全局的目的。具体做法是和组织的每个阶层进行面谈。比如，每年都和社长、董事、部长级、科长级、股长级、主任级、一般员工进行面谈。当然，面谈对象是多个人，并且对于所有阶层的人都会提出同样的问题。例如，你认为这个公司的优势在哪里？弱势在哪里？有哪些问题？你正在学习什么？为把公司建设得更好，你认为今后必须做些什么？其中，你所发挥的作用是什么？等等，这是对公司和个人的提问。在这样的面谈中，小嶋会对这个公司的风气、共同问题点、组成人员的期望、每个阶层的认识分歧、实行程度等，也就是对管理的质量做出评价和把握。

1972年，我在某公司担当人事之际，有机会看到了这个面谈记录。它不是一份谁好谁坏的记录，而是一份明确记述了阶层间断层的记录。其内容如下：①董事层和部长层完全没有危机感，不进行决策，也没有进行改革和改善的意识，更不用说积极寻找改革和改善的方法了；且对公司实际情况没有具体的、数字性的把握；②科长层和股长层的共同点是职务范围狭窄、不能尽到自己的职责。具体来说就是分成了两派，一派是组织工会活动的劳动工会干部，另一派是不愿参加工会活动的政治漠视者；③主任层只追随科长和股长，不会从上级那里学到什么东西；④一般员工和主任层存在同样的问题。

我就任时，曾经面谈过的董事基本都已退休，新董事有四个，其中两个是佳世客的人。看来小嶋已经下手对问题①做出了调整。

赴任后，我根据面谈记录对科长和股长层彻底实施了“职责扩大化”工作。我将采购和销售进行了分离，新设了商品部和店铺运营部，进而还新设了店铺开发部、增加了新兴事业部，最高责任人全部设为股东；在店铺中，我保留了过去负责烟具的科长，将一层的五名科长职位合并成一个；还在新设的店铺开发部中放入五名劳动工会的干部，因为工会干部具有危机感和上进心，而且能力也高，我计划将公司的未来和分店计划都交给他们。

除此之外，我还邀请小嶋对各个阶层从上到下都进行彻底的管理培训。通过培训明确公司对每个阶层的要求和期待，我发现大家表现出了极大的求知欲和积极的理论探求精神。我和来店里巡察的冈田社长（当时）来到员工食堂一起彻夜长谈，我们贴出县级地图，冈田社长将大头针插在各市，制定出开设分店的目标。

曾经负债累累的公司开始慢慢复苏，并创造出了卓越的业绩。五年后，在冈田社长曾经插了大头针的城市都开了分店。后来，公司上市后成为了佳世客联邦制地方公司的楷模，小嶋对组织的最初诊断及其相应对策终于奏效了。

后来，在合并之际，小嶋又将这个方法用在了出现问题的公司中。随后，作为人事科长，我在负责面谈记录时好几次都碰到了小嶋。

九州O公司在人事上出现问题时，小嶋和金柿总部长（当时）去过好几次，采取了同样的方法。合并之际，关东O公司是朝臣风气，行为举止非常端庄，而关东I公司则是野武士[1]风气，其实不管哪个公司的风气都源自最高层的行事风格，并且，两个公司中都有优秀的员工，而且佳世客的主要常务中也出现了不少杰出的员工。看来合并之妙在于人事之妙。

1）一群带刀的破落户，在各个地主番臣间流浪，一有战事，就被招募，有机会转正为武士。——译者

4 实证主义

小嶋是一个实证主义者，对于实施了的措施，她必定会对其结果进行验证，这是一种科学家的态度。

大多数的人都是凭一时的冲动、干完事就万事大吉了。但小嶋不是这样，她会把整个事情都考虑得周到详细，每当干完一件事之后，她都会设想几个结果，并对其进行验证。

例如，在新入员工的录用面试上，她会将这个人能不能做到事业部长或商品部长等具体地写入面试记录。当然，还会写上理由。

录用也是一种赌博，面试则是一个预见人的可能性的场合。所以，小嶋会将这个人的可能性尽可能具体地记录下来。数年后，她就会把“个人档案”拿出来，通过和现状进行比较来验证她的预测。通过不断积累这种验证，最后变成了她的直觉。

例如，资格录用试题由总公司的人事部长和人事科长合编，他们必须熟读各资格的试题，这个工作非常辛苦。副干事以下的面试由各地区总部、地方各公司举行，副参事由总公司统一进行面试，三级员工和副干事的前20名在总公司，由小嶋进行面试，称为特别面试。

特别面试是为了见一下前20名，看他们的态度和上进心，也对今年的录用情况进行验证和评价，小嶋想亲自确认今年的三级员工笔试合格者的水平。当然，她会和去年的合格者作比较，也会和自己设定的标准作比较。同时，她还会由此对笔试题目的好坏进行验证，看笔试是否将优秀的人才筛选了上来、筛选比例是否恰当等。如果员工的水平不太好，即使正在面试，她也会指示我：“东海，你把今年的题目拿过来。”然后，提出“今年的题出得不好”等各种意见。对于负责出题的我来说，此刻极为痛苦。

同样，副干事和副参事的面试都在全国范围内进行。

公司每月会参照各地区的笔试合格率和各相关公司的合格率召开人事负责人会议，成绩差的地区的人事部长在会上会受到责问，小嶋肯定让他们对今年采取的考试政策进行评价。因为成绩差是整个公司的责任，而为什么这么差呢，对此小嶋一定会进行验证。

另外，在人事调动中，小嶋有时会从录用考试的前几名中挑出面试中看好的人，把他们安排在自己看得见的范围内（包括总公司各部或人事总部）。

小嶋也曾将学生时代学习过工资论权威老师的演习课的人安排在总公司的人事部，将几个成绩优秀的新副干事安排在经营监察室，还将年轻的成绩优秀者安排在她看好的干部下面。总之，她对公司人员一直实行着追踪调查、尝试安排、验证评价的各种措施。

亲眼确认是小嶋的做事态度。她不把事情交给他人，在做出评价后，会将评价结果反映到下一个对策中。其实小嶋一直试图将这种对策制度化、体系化。

5 罪恶的成果主义

对于管理者来说，成果是最重要的，不管付出了多少努力，只要没有成果，那就是失败，经营责任也是结果责任。但这里存在一个经营的悖论。即有时候即使采用了正确的方法和过程，也未必能得到成果，而有时尽管手段和过程不正确，也有可能获得很大的成果。可最近有些企业做事业只是为了赚钱，为达到目的不择手段，因此出现的企业丑闻和以金融为主的经济活动真是让人目不忍视。

以上倾向是企业管理本身具有的属性。

小嶋深知这个道理，所以主动承担起督察的职责。她在尊重成果的基础上，实行“抑制性经营”。这是种提倡质量高、密度大的肌肉经营，而不是膨胀、臃肿的经营。

佳世客成立后，副参事级别以上员工的薪水和奖金由总部长、全体董事在估算会议上决定，会议之前先确定每个人的具体额度，然后本部长和董事对金额高低做出调整，并陈述这样做的理由，比如，某店长提高了店铺销售额等。此时，其他人就会对这个店铺进行评价和讨论，例如，这不是店长努力的结果，而是没有其他竞争对手的缘故，应该给处在恶劣环境中店铺店长的努力给予更高的评价等。也就是说，佳世客评判功绩的时候，不单凭业绩数值，而是把中间过程也算入其内，对是否采用了正确的方法、本人的努力程度、指导部下的方法、在本地区的行为方式等进行多方面的评价，最后达成统一的意见。

这才是培养组织良好风气的正确方法。

曾经有一个叫H的总部长，他任职期间，他所负责的区域总部几乎没有进行过任何投资，甚至连削减经费、裁员和店铺改装等都没实施过。他从不听取店长和部下的意见，俨然一个独裁者。他宠幸店铺效益好的店长，而不是有能力让店铺盈利的店长。虽然这个地区利润额较高，但是提建议之人遭到排挤，因此人心惶惶。

担任人事常务的小嶋也知道这些事情，但由于这个地区利润不错，所以她一直都不动声色。

又到了人事调动的策划期，我把他的名字列入其内，向小嶋提议过好几次，但都没有得到同意。经过认真考虑后，我把将H调到其他地方的提案拿给小嶋，她看后回绝了我："东海，再等等吧。"后来，小嶋将自己最信赖的董事T安排在H上面负责营业担当。

H是常务，在他上面安排董事，这是前所未闻的事。我跟她说了这个疑虑，她只说了一句话："这样就好。"

这个方案一经常务会获准，便开始了实施。听说H对此非常不满，但表面上风平浪静，也没有发生什么事。可能H去找小嶋抱怨过，在那里一定聆听了不少教诲。日后，小嶋便再也没提过这件事。

6 个人批评，制度表扬

赏罚分明是保持企业组织机制健全的一个必不可少的条件。既不表扬也不批评是一种最恶劣的做法。但小嶋也曾说过：“表扬最难。”小嶋和冈田从不以个人身份表扬部下，这并不代表他们不认同、不欣赏部下，只是为了不娇惯组织，他们更多地是在批评部下。

问题不在于表扬的一方，而往往出在被表扬的一方。最高层表扬某人之后，这个人的上司就会对他另眼相看，或回避、或不再批评。不久，这个人就会自我膨胀，变得自负、为所欲为，最后脱离组织。

小嶋很早就导入了褒奖个人和组织的制度。她个人不表扬，但通过制度来表扬。表彰制度主要包括两种：以就业规则中表彰规定为依据的“优秀员工表彰制度”和针对干部业绩的“干部员工表彰制度”。除此之外，还包括在政策发布会上颁发给管理层的经营大奖、特别表彰奖，以及各种技能大赛、销售大赛、检验大赛、陈列大赛等。

小嶋非常重视评选优秀员工的表彰委员会。在店铺中，店长就是委员长，每次评选时，店长任命数名委员，根据员工的推荐书进行审议。为防止评选变成一种形式，小嶋要求委员会必须进行严格的审查。而且比起做出显著业绩的人，小嶋更希望表彰那些默默努力、默默积善的人，并且，她不允许表彰专属于某些人。

在OKADAYA时代，当时担任人事培训部长的小嶋会让店长将表彰委员会的结果报告和议事录带给她，她会从上面所说的表彰角度进行仔细检查，这也是对店长的一种考核评价。

佳世客成立后，这个制度理所当然地被继承下来，特别是销售大赛和检验大赛，因为这既是一种技能训练，也是表彰员工的机会。OKADAYA、二木、SIRO三个公司合并为佳世客后举办的大赛就收到了意想不到的效果。大家往往认为OKADAYA（东海地区和三重地区）在合并中占主导地位，但在销售大赛中二木（兵库地区）却获得全国第一，而在检验大赛中SIRO（京阪地区）获得了全国第一，这无疑给了二木和SIRO很大的信心。后来，两个第一名分别被提拔为总部的销售训练师和检验训练师。通过这样的“制度”进行褒奖可以促使组织形成良好的风气。

相反，“个人表扬”导致当事人自满、最后离开组织的例子有很多，这也是一个警戒。被媒体曝光的企业内犯罪，很多都是公司里的“优秀者”所为。“嗯？怎么会是他？”这让大家大吃一惊。

被最高层个人表扬过的团体和个人，都有想掌握“治外法权”以及“越权行为”的倾向。而且，被表扬过的人会对继续被表扬、受最高层的赏识抱有幻想，只把最高层放在眼里。对此，周围的人或者嫉妒、或者追随。这样，机能组织就会慢慢变为隶属于个人的集团，整个组织也会随之慢慢腐朽下去。比如说，一个“部”的不正当行为从时间和空间上不断扩散，慢慢演变为全体成员不正当行为。这就是被个人不断表扬的结果。

人就是这么脆弱，因此说表扬是一件非常难的事。认同和表扬不同，身居上位者必须警惕这一点。

7 革新精神

当被问到“企业人事政策的基本是什么”时，小嶋干脆地回答道：“确保企业的发展力。”在具有发展力的企业，人人都希望自己的能力得到发挥，即使有不满也会暂且放到一边，对未来充满期待。这种风气能够产生更大的发展力，使整个企业进入一种良性循环，而没有这种良性循环，企业会慢慢老化、业绩会慢慢恶化，而且公司中还会充斥不满。

因此，公司要组建一个包容变革、积极应对变革、善于利用机会的团体，这种团体甚至会影响到员工个人的生活。例如，通过变化、刺激、调动来扩大员工的认识。人有两种，一种是具有创造革新精神的人，另一种是保守的人。如果无法发挥自己的革新精神，前一种人也会慢慢倒向保守。虽然这和经验的多少有关，但不是决定和被决定的关系，因为经验本身就是革新技术需求的来源。原本的性格和后天的经验、知识的质和量决定了是否具有革新精神。

保守的人的经验不会转化为创造，因此人事的关键在于分清质、提高质。

另外，人事最基本的一点就是不要把保守的人放在公司的中枢位置。所谓中枢位置就是管理职位。保守的人会扼杀部下的变革提议，除掉创造的萌芽。保守表现为以下的态度和行为。

有些管理者不做判断、误事，不进行裁决、没有领导威信，只有在请示书或协议书上盖有很多印章、得到大多数人认可的基础上才做出一些平庸、可有可无、保险的裁决。他们经常开会、做基础性工作，导致协调职务或辅佐职务逐渐增多、制度慢慢形式化。他们还把基础工作和协调当做评价员工能力的手段，而这就是组织走向衰亡的典型征兆。其典型代表就是“政府机关”，小嶋最讨厌这种组织。

小嶋担任人事常务的时候，人事总部的“革新”业务排得满满的。福利部成立了健康保险工会和厚生养老金基金、探讨新养老金制度；录用部开始录用大量大学毕业生；能力开发部新增了佳世客大学、培训体系、制作各种培训手册；人事部开始研究工薪制度、导入全国扩张的人员调动计划、新休假体系……这些正是佳世客在创始期蓬勃发展的写照。

由于小嶋本身非常喜欢新事物、具有革新精神，所以她对部下也同样要求：不准模仿其他公司，必须首当其冲。冈田名誉会长也是如此。

1970年佳世客成立。当时小嶋54岁，到她60岁退休期间，她只用六年时间就打牢了佳世客人事制度的基础。

革新是对现状的否定，以卓远的见识和丰富的知识储备为前提，没有知识的否定现状只能是“破坏”。基于知识，劳动才能够创造价值的信念，小嶋很早就决定大量录用大学毕业生。

具有革新精神的人有以下共通点：见识广、求知欲旺盛、好奇心强、勇于割舍；如果上司是个保守的人，他会完全失去干劲，由于否定现状，所以他看起来像个不满分子；不善于礼节、不善于做基础工作和协调、不善于做细小的事情。写到这里，我想起了一个人，那就是金柿谦冶先生（九州佳世客前社长、小嶋的部下、时代人事部部长）。

8 制造亮点

俗话说："一叶知秋"，人不可能理解事物的全部，但我们可以把握事物的"亮点"。

佳世客每年都会把干部集中在一起召开"政策发布会"，与会人员对今年的方针政策进行详细的分析，小嶋每年都会提出新的发展规划。她会和人事总部部长、科长探讨下一年度的计划，例如，导入QC[1]或IE[2]等，让全体员工都参与其中。其中有几个亮点：佳世客大学新课程——走向国际化的"IN员工课程"，培养公司会计要员的"库存课程"，以科长级别以上的400人为对象、依据"凯普纳·特雷高模型"提出的问题解决方法、共计四夜五日的课程，派遣300人参加美国流通形势研讨会等。每年，通过发布、讨论这些具体的"亮点"，员工对公司的方向、重点和政策一目了然。另外，大家会对今年的亮点进行猜测："今年有些什么呢？"，这也是一种乐趣。

人事调动也是一样的。小嶋要求必须有"情节性"，意思是必须将意图明确化。基于调动方针制作"人事调动方案"时容易陷入某些陷阱，这就是所谓的"台球调动"。比如，将A安排在某食品部长的位置后，B科长接任A的原职位，C股长接任B科长的原职位，可C股长职位却没有人接任。而如果是纵向调动，就不存在这个问题了，只要将下面的人依次顺推上去就可以。可是，调动中还是横向调动的情况比较多，地区间的调动、关系公司间的调动、总公司和地区总部间的调动等。所以依次顺推上去是不管用的，事实上也是不可能的，这样就必须从全国范围内考虑候选人，制定人事调动方案。

考虑的时候必须考虑此人的职业前景，想把这个人安排在这个

1) Quality Check，质量管理。——译者

2) Industrial Engineering，从科学的管理方法中发展而来的学问，管理方法，又叫做"经营工学"、"生产工学"。——译者

干部职位上，必须有让这个人干这个职务的理由。越是高的职位，越不会局限于某个领域，越会有频繁的调动。没有必要非得从食品领域中挑选食品部长，只要此人的职业前景明确就可以。除了职业前景之外，还需要看这个人的重点着力领域、地区、相关公司、业绩等。关于人事调动方案，小嶋要求给出解释，她会一个劲儿地追问为什么，有一丝的马虎立马就会被她看出来，下一个、下下个……越说越明朗。当然，人事调动不能解决所有的问题，但必须尽可能地解决问题。在小嶋的头脑中，既有公司现在和将来所面临的问题，又有每个干部的职业规划。曾经有过这样的例子，人事科长K突然被提拔为食品商品总部长，劳动工会的秘书长被提拔为录用科长，店长被提拔为商品部长。这样的提拔超越了纵横上下的关系，是有“意图”的提拔。这种意图必须以“人与人、人与工作”的组合方式明确地传达给全体员工。这就是人事的作用。

升职和表彰也一样。谁升职了、谁受到了表彰，这些都会影响到整体士气的或涨或落。在人的世界中，最复杂的东西就是“忌妒”，忌妒无法消除，但在某些公司中，在某种程度上承认其合理性的同时，能将其压缩到了最小。

人事问题，特别是伴随升职的士气涨落问题不久之后会反映在业绩上。因此，必须慎重对待升职问题，人们需要一个能够信服的标准。在不以能力为晋升标准的情况下，绝对的东西往往具有说服力，而信服标准也是让人望尘莫及的标准，包括年龄、学历、母校、性别、门第、家族等。年功序列[1)]就是这样一个很好的例子。虽然这是一个非常省事的办法，但企业也有因此陷入困境的时候。

如果采用考核的方法确定升职标准，相对就比较合理，而采用董事推荐的方法则存在问题，因为董事推荐往往靠业绩，而业绩光靠数值测量不出来。例如，由于竞争店的撤退，尽管店长无所作

---

1) 根据职工的学历和工龄长短确定其工资水平的做法，工龄越长，工资越高，职务晋升的可能性越大。——译者

为，业绩也会有明显的上升。那么只因业绩上升就升职的话会怎样呢？下面的人会说："瞎了眼了吗？"从而愤愤不平。当然也有相反的情况，例如，出现了竞争店，业绩数值回落，尽管店长自己非常努力，但数值怎么也上不去，那么给这个店长降职会怎样呢？大家还是会不平，从而出现不良的想法。比如说，这个人受到最高层的宠爱啦、不进入董事派系不行啦，等等。那么面对这种情况，应该怎么办呢？只能看此人是否具备对上阐明自己观点，对下打开产品销路的能力了。

9 两种无能管理者

顾名思义，管理者就是通过部下开展工作的人。其中，最让人头疼的就是不进行决策的管理者。这样的管理者不对部下的提案、意见、裁决事项做出裁决，眼睛总看着上面，看上司的脸色行事，持观望态度。小嶋曾对某管理者发火道："你不决策吗？这里不需要这样的人，请好自为之。"决策在有限的信息、有限的已知条件、有限的时间中进行，它会伴有一些责任和风险，而我要承担这个责任的意思就是做决策，如果公司中回避决策或者对决策置之不理的管理者有几百人，那么公司将就此瘫痪。在OKADAYA时代有这样一条规定："必须在五天内对部下的提案和意见做出答复，并告知提案者同意或不同意的理由。"其实工作和判断可以塑造人，管理者可以通过自己的判断做出决策，在成功和失败中积累经验，获得成长。说几句多余的话，看着电视上因案件、事故被曝光的某机关要人或某学校校长，听着他们讲话，我常常会想，他们就是一群徒有虚名的管理者。这样想的肯定不止我一个。

和不进行决策一样让人头疼的还有求稳管理者。不可否认，有很多事情必须事先和其他部署进行协商。但有些管理者逢事必进行协商、询问、探询等一系列基础工作，和好事的人进行协商，在裁决书写上众多的协商方及其意见。

这样的管理者藏在幕后，既不会上马也不会落马，他们是做基础工作和协商的高手。

小嶋曾经常这样说："我不想听你周围人的意见，我想听你的意见。你是怎么想的呢？"她也非常讨厌事前做基础工作，也讨厌协商，因为她知道这样做会让棱角分明的方案逐渐沦为圆滑平庸的方案。

还有一种性质比较恶劣的是被称为“部下杀手”的管理者。他们的出发点和落脚点是一切以保全自身为准。具体表现为：①和部下竞争；②将部下的功劳占为己有；③对部下既不表扬也不批评。出现这种情况，或许是人的器量问题和性格问题，或许是管理者任命方的责任。

总而言之，这是一种无法让部下信赖、阻碍部下成长的管理者。①和②类型的管理者会立刻对部下产生消极影响，③类型的管理者则会慢慢把部下的干劲消磨掉。

具有讽刺意义的是，①和②类型的管理者因为从不关心部下的意向和意识，他们可以若无其事地做部下所讨厌的事，所以最高层讨厌做的事可以让他们去做。不管下面多么怨声载道，从上面看来，他们却有很高的业绩目标和忠诚度。有时候忠诚就是这样一个说不清的东西。

有时候在部下看来非常有公信力、值得信赖的管理者，最高层往往都觉得不怎么样。深刻理解管理职位的本质，让每个管理者都适得其所是人事的一项重要任务。

听说美国的零售商JC彭尼公司有一条黄金法则，即“店长的任务就是从部下中培养出另一个店长”，这条黄金法则不仅适用于店长，也适用于很多管理者。

从哪种类型的管理者居多当中，可以一目了然地看出这个公司正在走的道路，是蓬勃发展还是停滞不前。

10 没有特别的"人"和特别的"职位"

曾经有一个高级官僚A进入了我们公司，在小嶋退任后，间接性地接管了人事总部。当时的人事负责常务曾是小嶋的部下，也是小嶋人事的继承人。虽然A非常优秀，但他对民间企业的人事行政不甚了解，在会议上和人事总部频频发生冲突。例如，为什么东大毕业的谁谁、京都大毕业的谁谁要和一般大学毕业、高中毕业的人一起参加录用考试呢？为什么采用分数的形式进行人事考核呢？按照同级生的顺序论资排辈不行吗？等等。他最后甚至扬言，不准人事总部插手他直接负责的开发部的人事。

当时的人事负责常务发怒了，在某会议上对A说了这样的话："为了培养一个副部长，我们大量地使用国民税金，而你这种剔除不合你意的侯选者的做法，对不起国民。不合适的人也有他们的用武之地，通过培训让他们各司其职才是私营公司的人事之道，佳世客没有论资排辈的机制，也没有这个必要。"

尽管这样，A还是每年都提升直属他的某部无名干部C，其中一次还是越级提升。同时，他还大量排挤看不顺眼的成员，简直是随心所欲、为所欲为。

两年后，几位有志之士站了出来，向最高层请求改变这种状况。这样，A失去了开发部的管辖权，而C也在不久后离开了公司。后来，在C那里发现了没有经过公司同意的各种合同。怎么说呢，C属于那种诚实、不显眼、自己一个人勤勤恳恳干事的类型。某天让A相中了，这样C也一下子来了精神，他开始不听从上司和同事的指示、建议，另外在他业绩上去得到晋升后，态度变得更加傲慢，不把过去的上司和同事放在眼里，最后因为急于求成，做出了违规的事情，其结果就是上面所说的。从某种意义上说，C是A的陪葬品。

这是在小嶋任职的时代从没发生过的事情，因为她不会把人事交给公司系统。不仅是A，所有领导都有可能发生这样的事情。所以，有必要横向处理人事的问题。人事政策是一个长期政策，它的对象是未经加工的人。因为是没有经过加工的人，所以有好的时候也有坏的时候，组合也有好有坏。并且，人各有各的个性。人事政策的目的就是在长期范围内，让个人的能力得到最大限度的发挥，让个人为整体做出最大限度的贡献。

如果将焦点放在特定的人或职位上，组织整体的士气就会随之下降。

国家公务员制度就是一个典型的例子。将职业和非职业、中央录用和地方录用、正式和非正式职员组合在一起，既谈不上什么士气，也做不出什么成果。

聚焦于个人的人事以选拔、晋升、降职等事情为中心，有与之相对应的报酬制度。当然，职位也有上下之分。乍一看很像能力主义、业绩主义的体制，但长远来看这会阻碍组织整体的士气。所谓的“一将功成万骨枯”就是这样。

而聚焦于整体上的人事则有可能将个人的特性和能力平均化。不管是哪种人事，都不要采用特快、自动晋级式的制度，不要设置晋升课程职位，也不要设立“垃圾职位”、“总务二科”[1]、“靠窗族”[2]之类的警众性的职位，同样，也不要有发配到子公司这一说。佳世客从来都没有荣升和降职的说法，只有合理部署一说。传统上，佳世客一直把关联子公司作为培养管理者的训练场所，对于人，不采用绝对评价，只采用组织内的相对评价制度。

人事应该考虑的是如何充分利用现有的人力资源、如何塑造他们以备将来之需。

---

1) 出自日本电视剧《总务二科》。日本的大型机构必有一个部门，负责派发物品、更换厕纸、换日光灯等杂务，这个杂务部门的名称就是总务二科。——译者

2) 日本经济在1979年的石油危机以后一直萎靡不振，结果那些在经济高度增长期大幅增加的中高年龄层的中层管理人员，纷纷从一线退下来，他们天天坐在窗边守着办公桌。——译者

11 良性不满和恶性不满

我在担任人事工作的时候，经常会听到来自员工的抱怨和不满，其中对于加薪、奖励、升职、人事调动的抱怨最多，而大多不满源于和他人的比较。例如，我的加薪比同期的谁少1500日元等。如果拿此事去问上司，上司肯定会说："这是人事那边决定的，我不知道。"这是一种放弃管理职责的最恶劣的行径，因为这个员工会对管理者产生不满，而如果人事说明得不够明白，则有可能发展为对整个公司的不满。人事应该将加薪制度解释明白，向这个员工说明他和对方有什么不同，在此基础上，再向这个员工解释工作态度、长处、不足等做为加薪前提的"人事考核"要素。

工资也是一种尊严。其实多数人都清楚地知道自己和对方的能力，当事人本人承认"差"的存在。但他们还是要这样做，因为想得到公司多一些的关心。K在退休之前和我的关系很近。他上的高中、大学都是一流的，在公司的工作经历也不赖，人很聪明，很早就通过录用考试坐上了管理职位。但是，他被上司敬而远之，始终没有升到科长以上的职位。因为他总是给自己的不满穿上义正词严的外套，说个没完没了。

退休前，K曾这样对我发牢骚："你做人事应该也知道，我很快就要退休了。到目前为止，我伺候过很多上司，没有一个人理解我。我调到这里调到那里，辛辛苦苦地工作。可公司最好的时候，我和上司没处好关系，受到排挤，眼看就要退休了，现在却闲职一个，被一群年轻人围着。我很郁闷，退休后我打算和公司、朋友断绝一切关系，过自己的生活。没人理解我，除了小嶋。每次见面，她都会向我打招呼，问我最近怎么样，当着我的面指出我的缺点，也只有她才会这样做。"我劝他去见一次小嶋，他凄凉地说："现在见了也没用，只会让我确信自己很愚蠢。”

像K这样被周围的人贴上“牢骚大王”标签的人有很多。这是他自身的问题，但有时也是上司是否能够容忍的问题。K给自己的不满穿上“正理”的外衣，可以看出他是一个自尊心强的人。不满和正理有时很难分清，这样的例子多得让人有些不可思议。大谈正理的人心里往往潜伏着很大的不满，他们有时以正理的形式向弱势群体诉苦。

不满作为一种“感情”流露出来，表现为攻击他人、和他人比较、攻击公司，还会以无视、怠慢、放弃、乖戾等各种不配合的形式表现出来，另外还有些不满不是通过一个人而是通过一个团体表现出来。但是，不满也是一种成长的证明，证明这个人希望被委以重任、希望得到权力。而此时，不满常常会引来上司和公司的批评。没有不满的公司和社会是不存在的，细小的不满只是冰山一角，管理者从这一角必须推想到除此之外还有更多、更大的不满，从而寻找应对方法：不满是什么样的性质、需要个人应对还是组织应对……而贴标签、敬而远之、隔离等方法是无法解决问题的，因为不满也许是来自心底的呼声。

应对不满的关键是将“感情”转化为“理性”和“理智”。也就是说，努力引导、改变当事人的不满，充分发挥改善性竞赛、论文大赛、提案制度、QC活动、自我申报制度、面谈体系、录用制度、培训制度等各种人事制度的作用，将恶性不满转变为良性不满。不这样做，优秀人才极有可能变成不满分子，满腹抱怨地在公司待到退休，与其这样，必须得想办法，改善他们对公司的印象。这是一个发人深省的永恒话题。

12 头衔的效用

工作中经常出现因为不是法人所以不被信赖的情况。也就是说，这是一个法人社会。小嶋在晚年时成立了一个私人美术馆，她和我商量，想安装彩色复印机、传真机和复合机。由于新机种会不断出现，租赁比购买更划算，所以她提出和复印公司签五年的租赁合同。随后，银行系统的租赁公司打来电话说："由于代表是个人，所以不能签订租赁合同。"我向对方详细解释了小嶋的工作经历和成立美术馆的资金实力，向对方保证没问题，但对方一直咬定这不符合规定。没办法，我只好向小嶋汇报了情况，她随即说："现在的社会就是这样。对方公司也有自己的规定啊，那就用现金购买吧。"

我这才想起，自己曾经从小嶋那里接受过关于"头衔"的教育。

当时，我被派往相关公司去就职，那个公司是一家当地有名的百货店。最让我吃惊的是那里有很多科长职位。自然，每个科长负责的领域也非常狭窄，甚至还有烟具卖场的科长。于是，我去和小嶋商量："我想取消科长职位，分离资格和职位。"小嶋教导我说："你还是年轻啊，很多社会上的事情你还不懂。其实头衔不光是公司中论资排辈、组织运营上的东西，还是一种社会地位、一种信用尺度。所以，当了科长后有些家庭会做赤饭[1]来庆祝。你想拿走科长的头衔可没门，人家会说佳世客把科长都降成了普通员工，你就会树敌很多。公司小的时候，头衔也能得到回报。比如说贷款的时候，部长、科长、股长的信用要比普通员工更有保证。不考虑这些事情不行啊。"她接着说："社会上有很多虚名职位，我不太喜欢这些。这个人是什么职位、什么权限，都必须一个一个翻译过来，还得费脑筋，没意思。我也讨厌副部长这个称呼，部长还行。

1) 日本人喜庆之时做的一种赤豆糯米饭。——译者这次，你需要做的是将那个职位留着，或者扩大那些人的职务范围，或者抽出几个人让他们干别的事，只要让他们身在其位谋其事就行了，不要耍什么小聪明，把科长职位取消掉。赶快把公司发展起来，上市后，公司的信用程度就和没上市的公司不一样了。把公司办好了，员工的信用也就跟上来了，这才是最重要的。”

这是我从小嶋那里听到的唯一一次关于“头衔”的话，非常珍贵的教诲。后来，我和小嶋都从事了人事工作。在小嶋时代，科长职位一直存在，不过取消了股长和副部长这样的中间职位，用片假名写职位名的风气也没有了。

相反，店铺的卖场商品组中则导入了由店长、科长、主任三个等级构成的“主任制”。每个商品组设置一个主任，包括服装、食品、家居用品。科长负责总务，上面是店长。导入主任制的时候，用片假名书写职位的方案也出来了，但当时没有采用。

说一些偏题的话。我曾发过一个有趣的任职令，让D去当食品总部长（董事）之下的“主席”职位。我听小嶋说：“东海，把D任命为‘首席’。”“什么？‘主席’？酒席[1)]吗？D是国家领导人吗？”我一边想着，一边在在任职令上写下了“主席”二字。把任职令送去后，大家都觉得我写错了，说是“首席”，还说可以用人头作保证。D的上司也说：“东海，这个字写错了吧。”D本人就更吃惊了：“让我干这个，小嶋是怎么想的呢？”一个听起来像笑话的故事。其实我到现在还没明白那个头衔的真意。后来，D经过调动当了相关公司的社长。

有些人觉得“头衔”怎样都行，内涵才重要。其实，头衔对于一个人来说是非常重要的，有时还可以塑造人，何况头衔还是免费的。

回到复印机的话题。后来，银行的董事和租赁公司的社长前来道歉，说负责人讲了无礼的话，并希望进行签约。当然，我们还是按照原计划支付了现金。

---

1) 日语中，“酒席”、“主席”、“首席”同音。——译者

13 思考继承人问题

川柳[1)]中有一句话，说祖父创业，子孙挥霍。

继承人问题是一个躲不过去的关口，无论是大企业，还是中小企业，家业更是如此。即便是大企业，如果最高层的人选错了，经营有可能因此陷入困境。至于小企业和家业，如果没有继承人，那就只有停业了，因为小企业和家业的所有和经营是不可分离的。不过，即使有了继承人，还是会产生继承和税务的问题。

所有和经营的分离是个人资产和公司资产的分离。个人事业很难将两者分开，一般都是成为法人后在会计上进行分离。如果工作的地方同时还是住的地方，那就更难分离了。这也是商业街衰退、难以再利用和一体开发的重要原因之一。

世袭是一种最普遍的继承方式。过去，在东京经营生活设施的一流企业的管理者也是通过世袭继承。很多人都对这种继承方式的好坏存有质疑。

过去，商家都希望有个女儿。因为如果是女儿的话，就可以直接从自己的店或其他店里招一个优秀的掌柜作为养子继承店铺。现在，这样的事例也有很多，且不仅限于商家。

如果是儿子的话，那就只有两条路。一条是早早地让他进入父母的公司，另一条是让他在别的公司进行锻炼。两条路都各有所长，各有所短。如果是让孩子自己决定，那就另当别论了。前者的优势在于能让孩子熟悉公司业务，但孩子很容易倚仗父母的威望变成小祖宗，同时孩子的庇护者和保护人也变得有势力，这样孩子容易被特殊的待遇惯坏，纵使学习机会良好也不愿去学。

---

1) 由17个日文假名组成的诙谐、讽刺短诗。——译者

后者就是没有庇护的环境，吃别人锅里的饭。这样一来，孩子虽然能从不同的角度客观地看待父母的公司，但却无法了解到父母公司的业务。所以不管是哪种方法上都存在问题。

有这样一个例子。父亲、长子、次子都在同一家相当规模的公司工作，父亲是会长、长子是社长、次子是总务部长。会长从磨炼中走过，一手将公司建起来。公司中有会长一手带大的副社长，他对公司的事了如指掌。长子当社长已经十年左右，但他是块做研究的料，对实务没有一点兴趣，对公司业务不甚了解，部下也不把他当社长看。公司一直都靠会长和副社长经营着。次子是一个外交型的利落人，但不适合干总务业务。

几年前，社长突然对本职有所觉醒，开始积极地掌握公司的实务。正在这个时候，因为某些原因次子退出了公司，他的业务也落到了社长身上。随着对工作和对公司的实际状况了解得越来越深，社长对将来感到非常不安，就把公司扔下走了。这样一来会长不得不再次出山掌控全局，让副社长担任社长。这时，会长已经78岁，副社长75岁。只能说他们倒霉。

到现在为止，虽然公司有很多问题，但是最大的继承问题已经被耽搁，会长也不是当年能够回到原点重新解决问题的年龄了。当时让长子做了社长后，他应该更早一点引退，将权限让给儿子，可他却为了自我满足没把公司交给儿子，在业绩好的时候将功绩占为己有，业绩不好的时候说“没我还是不行啊”。

另一个原因就是适合不适合的问题。父亲的心情可以理解，但他不知道让长子当社长合不合适，次子的总务业务也是一样的。有时候虽然不适合，但也可以通过培训、优化组合得以补充。让儿子进入公司很简单，但让其成为真正的继承人还需要时间、耐心和培训。

而对于儿子本人来说，除此之外也许还有不同的人生，也许还有能够任其驰骋的领域。

这里也有年龄的问题。江户时代有四十多岁时隐居，让继承人继承家长地位的说法，这是先人的智慧。任何一个时代都忌讳老人横行跋扈。隐退只会过迟，永远都不会过早。

第 5 章

育人的标尺

1 需时别用，去者别留

在经营事业时，人才录用居于非常重要的位置，同时，这也是一件非常难的事，有需要什么样的人才的质的问题、什么时候录用的时机问题、录用多少人才的量的问题。

大多数的管理者都希望在需要的时候、录用所需要数量的人才。并且，他们希望零风险或将风险降到最低。现在是一个人才派遣业务非常火爆的时代。但是，好好想一下，有这么好的事儿吗？

永旺的前身OKADAYA在第二次世界大战战前、战后，因为人才不足经历了一段非常艰难的时期。

第二次世界大战前，几乎所有的男人都去参战了，整个日本都只剩下女人和老人，无法进行像样的公司经营。战争结束后，全国被烧成了一片荒野，没有店铺也没有工厂，连从战场回来的掌柜也不回原来的冈田屋，而是奔走于黑市。小嶋为了重建公司饱经了“人才不足”之苦。

这样的经历正是小嶋毕生致力于人才培养的原动力。

“需时别用”像是一个反论。小嶋曾经有过在需要的时候录用人才的失败教训。1970年佳世客诞生，当时的员工年龄构成中，35～45岁的科长和部长级人数最少。于是，小嶋在全国范围内进行招聘，录用了二十多人。但是，直白地说，最后真没派上什么用场。因为过于渴求人才，录用方的标准就会放宽，过分看重于以前职位的“头衔”。从不悔恨过去的小嶋，每当提及那个时候就会叹道：“那时候真是没人可用啊。”

那么，应该怎么做呢？答案只有一个：计划性地进行录用、计划性地进行培养。录用是一个长期的计划，关系到事业如何发展。因此首先必须确定目标、职位和组织图，规定骨干员工职位的质和量。然后与现在的组织图进行比较，其差异就是录用和培养的标准。

小嶋说，业绩好的时候多录用、业绩不好的时候少录用是谁都会的下下策。重要的是设立计划性录用和培养的机制，根据业绩情况每年都进行调整，根据事业目标和进展状况，持续不断地提供人才。小嶋一语中的地说："人事担当所要做的是确保企业的发展潜力。"

去者别留。原来的员工不回冈田屋，去了黑市。过了不久，那些人因为没在黑市挣到钱，请求回到冈田屋。小嶋拒绝了所有的请求。对那些不管怎样还是想回到冈田屋的，必须从最低层做起，与以前的职位无关。

在新员工时代，我被分在商品管理科，有时会碰到说自己和董事营业部长是同时期进公司的N，N当了几十年的货场司机。那时，我还不知道事情的缘由。后来听小嶋说，营业部长曾在战争结束时帮助冈田屋恢复经营，而N曾离开过冈田屋，后来又回来了。

在佳世客时代，有个科长辞职后，跳到游戏公司就职，后来又请求小嶋想回到佳世客。那时，小嶋说了这样的话："你当时从佳世客辞职时，一定是将那个公司和佳世客放在了天平的两端，觉得那个公司好才做出了这样的选择。你只看重公司业绩和报酬，这样的人会一而再、再而三地出现这种情况，我不录用。"

据说，后来这个人果真频繁地换了好几次工作。

有句话是："覆水难收。"一旦提出辞呈的人就别再挽留，如果挽留他，他会觉得自己了不起，而有些人就是以被挽留为前提而提出辞呈的。一句话，人性就是如此。

2 走在法律的前面

永旺的特点之一就是喜欢走在别人的前面，也许这是经营最高层的遗传因素。他们从其他公司或者其他人正在做的事情上看不到任何价值。

永旺具有走在其他公司前面的挑战精神，换句话说就是革新精神。事实上，永旺总是走在时代的前列，人事制度中的就业规则就是一个很好的例子。不用说，就业规则是按照劳动标准法做出的规定，标准法是最低标准。因为就业规则只明确记述了劳动条件，所以小嶋将其当做一种组织工具。因此，在就业规则记述的内容中，关于组织管理的任意记载事项比以法律为依据的绝对记载事项多。

就业规则会发给全体员工，在新员工培训时进行彻底的培训。在佳世客，公司成员必须遵守就业规则，这是必须进行彻底学习的公司常识，另外，在录用考试中也会涉及就业规则。你们有谁见过这样的企业吗?

现在，将就业规则发给全体员工的企业很少。而且，很多企业只规定了法律中那些众所周知的东西。在小嶋导入的制度中，有一条尤其引人注意，那就是“休假制度”。

1975年吉之岛导入的新休假体系就走在了时代的前列。这个制度颠覆了以往的劳动价值观，是在吸取劳动标准法主旨的基础上，依照全新理念设计导入的，以往的管理制度无法匹敌。这个制度将过去以天数为单位计算的劳动日改为以小时来计算，以周、月为单位计算的改为以年来计算。年假中包含带薪休假，休假采取自主申请制。在还没有弹性工作制的时代，佳世客就引入了这个概念，产生了“时间性分割计划休假”这一新词。另外，依据长期休假制度，过去难以实现的带薪休假可以有计划性地获得。这种制度还包括讨论业余时间如何度过的业余时间讨论会，会介绍和家人一起欢度长假的观光胜地等。

这种制度完全改变了以往的管理模式。休假需要自己申请，就增强了工作的计划性。并且，工作不是自己一个人的事，必须得到上司、同事和部下的理解，这大大推进了对代行者的培训。而且，其中也免不了进行业务调整，促进了横向和纵向的人际交流。

不让休假的上司被评价为无用上司。当然，连自己也不休假的上司会被打上管理失职的烙印。

当时，我作为人事科长，每当开设新店的时候，我就会把就业规则送到劳动标准监督署。但是窗口不予以受理，说我不像科长。不过，待我将劳动标准法的主旨和公司的理念娓娓道来之后，对方会说“果然是科长啊。”欣然受理了。

那是佳世客刚诞生不久的时代，也是佳世客涉世未深的时代。通过小嶋的“休假制度”，职务实行责任从上司责任转变为自我责任，管理从上司统制转变为自我管理。

现在，很多企业都不符合法律规定的要求，而佳世客所实现的经营质变和劳动条件改善的制度及精神一直被今天的永旺继承着。

3 合并之妙，运用之妙

佳世客的历史是合并的历史。合并的作用在于瞬间扩大资产和销售额，但更大的作用在于增加“人才资产”，这是资产负债表中没有的资产，是表外资产。而合并之妙正在于此。

说到佳世客的合并，人们往往会提到“心”的合并。当然，“心”合并不到一起也不能强求。但是，合并不能只诉之于精神，而让佳世客合并成功的是小嶋创立一套公平公正的人事制度。

所谓公正就是具有一定的客观性。冈田屋所有的录用考试制度和资格制度都符合这一点。依照这些制度来决定职位和工资，没有男女、学历和年龄的区别，人人都公平地享有考试资格，只要努力就可以。也就说，这里不把“即使努力了也无法改变”的情况记入评价的标尺。

另一个促进合并的是“培训能力开发制度”，其支柱为“佳世客大学”。佳世客大学向所有员工都敞开门户，鼓励员工提高自我能力。

作为公司的人事科长，每当人事调动的时候，我都会去拜访能力开发部，询问同一件事情。那就是：“请将今年的店长课程、商品成员课程等结业生名单给我。”当然，我要的是“按成绩排列的名单”。我会据此把结业生安排到合适的职位上，如果今年不能安排就在明年调动的时候安排。这样就不会把学习和实务分开，个人的目标设定也会因此变得越来越明确。而对于合并来说，如何进行“人事调动”非常重要，其中公司间的人事交流是基本，没有这个基本的合并，简直是缘木求鱼。这是一个检验人事负责人能力的时刻。

人事的基本标准根据本人的能力让人才各得其所，和曾在哪个公司没有任何关系。

增强培训效果的技巧

当时的佳世客有“参加培训通知书”一说。这是人事培训部门发出的“通知书”，收到它是一件非常荣耀的事。这表明你从众多的人中被挑选出来，公司愿意为你进行培训投资。

在小嶋对培训的信念和热情中有一种慑人的东西，那就是她熟知应该如何进一步增强培训的效果。在这里对增强培训效果的方法做一下技术性的说明。

第一、什么时候进行培训，第二、对谁进行培训，第三、如何扩大。首先是培训的时机：①新任时。到新职位就任的时候，有新员工培训、新任店长讨论会、新任总务科长讨论会等。到新职位就任是热情高涨的时候，这时候要赋予他们动机，向他们灌输新职位的知识和业务知识。②升职时。这是热情最高的时候。③遇到困难、思考问题的时候。④到和过去完全不同的职位就任的时候。其中③和④中，派去参加公司外的研修会的效果比较好。通过这些方式让员工时刻掌握公司外的信息、把握自己的需求和状况。这和后面将会说到的人选也有很大的关系。而①和②在某种程度上可以在公司内下工夫，并且将其变成公司制度才是实务性的举措。

第二、人选问题。原则上是：①职位高者优先。②有影响力的人优先。这种情况下不一定是职位高的人。依我的经验，在当时前往赴任的公司中，劳动工会干部比公司的干部更有影响力。我曾积极地建议他们去参加连锁店经营等公司外的讨论会和佳世客大学的考试。渐渐地，工会活动本身发生了变化，他们能够接受业态的变更和变革了，这无疑有助于公司的重建。③紧跟年度方针和目标的人优先。他们或者是负责今年重点项目的部署，或者是其项目的成员。

在小嶋的办公桌上，左右都堆满了文件。左边是还未批阅的文件，右边是已批阅完的文件，其中一大半的文件都是外部讨论会的介绍。小嶋有时候会自己决定人选，多数时候会将讨论会介绍给能力开发部长，让他做出候补名单。“参加培训命令书”就是这样发出来的。

第三，如何扩大。佳世客的原则是自己申请和公开招募。例如，去美国视察流通情况时，就通过举行公开招募、审查，最后决定派谁去参加。有时还会定一个题目，通过公开征集“论文”来进行表彰。也就是说，公平公正地给予每个人机会，以自我挑战为原则。为了不让活动以参加者一个人获得知识而告终，公司还会举行“发布会”，让它变为全体员工的知识和技能。

5 阶层培训和职能教育的平衡

组织是阶层和职能的结合体。阶层是一种结构，是对能力的排名。在OKADAYA时代有公司职员、班长、主任、股长、科长、部长等，这也是社会上对阶层的一般称谓。后来，佳世客导入了职能资格制度，实现了资格的阶层化。公司职员分为一、二、三级，副干事、干事、副参事、参事、参赞等，这样就必须规定各种资格所需要具备的能力。各阶层对比不明显的组织是脆弱的。用人体来打比方就相当于“关节”，如果组织中没有关节，就变成了一根棍。既容易断裂，又经不起变革。另外，对比不明显则无法进行培训，个人也无法进行自我激励。一般的公司在阶层对比上都比较模糊，仅是头衔的区别。佳世客通过录用考试和试题书明确规定了各阶层需要具备的知识。

例如，佳世客的副参事要能够读懂各种财务报表并进行经营分析。他们必须具备到哪里的公司都可以担任会计科长的知识。

阶层培训也是管理培训。通过阶层培训可以学习各个阶层的管理、知识和技能。日本零售业中心的首席顾问渥美俊一先生将能力分为五个阶段：作业、领导、经营、管理、行政。作业是按规定完成工作的能力，领导是将数字作业化的能力及将作业数字化的能力，这是佳世客副干事级别需要具备的能力。佳世客会依据目标对副干事进行管理、教授三级公司职员作业技能、对领导能力进行“佳世客数字”等培训。这正是佳世客远见卓识的反映。

当时，佳世客将副干事和副参事定位为组织的骨干资格，使之成为组织的重要组成部分。店铺中的骨干资格为“销售主任”和“总务主任”。这两种资格的人数众多，销售主任是商品组的领导。例如，女装组的主任和农产品组的主任等。

这也是能够拥有部下的最低职位，是单位的数值负责人，是接受销售额预算和实绩评价的最小单位部署，是将自己的工作和部下的工作结合在一起、共同创造成果的职位。这个职位上的人必须精通商品。卖场主任使用的手册由各商品组分别制作，由被选拔出来的主任和培训课的负责人一起花时间完成。副参事在总公司和总部中为科长职位，在店铺为店长职务。其实在商品领域，服装科长、食品科长等都是非常重要的职位。经过每年的录用考试，科长资格提高后参加新副参事讨论会进行学习，然后接受各种职能教育。

在制度上，职能教育分为技能培训和佳世客大学培训。技能培训由地区总部的培训科实施，而佳世客大学培训则由总公司能力开发部负责。

为提高销售技能，公司制定了“销售师制度”。顾名思义，这是一个科学培养销售专家、技能专家的制度。另外，公司还有资格录用的进阶课程，这基于核对表上的自我评价和上司评价的结合，需要通过劳动省的认定。

佳世客大学和研究生院只有副干事以上才可报考，设有“专业职位培养课程”。佳世客成立之初有两种课程，店长培养课程和商品部培养课程。根据扩大规模的需求，课程也在逐渐增加，各课程分为初级和中级，增加了课程的专业性。只要进行了自我申请，佳世客就会承担所有的学费。各课程的人数是一定的，也有严格的合格率。考试内容和资格录用考试有很大的差别，重点在实务。如果这个课程没能结业，就无法得到这个职位。

6 培养有常识的优秀人才

每当被问到“培训的目的是什么”时，小嶋总会回答：“培养有常识的优秀人才。”培训不单是要培养技术专家，更是要培养值得他人信赖的人。

前面已经说过，OKADAYA的女员工非常抢手，不愁嫁。事实上，很多公司员工的婚姻都与OKADAYA有关。这里录用考试的严格性是得到社会公认的，学校也是先自己进行选拔才会推荐过来。进入公司后的培训非常严格，每个员工都必须彻底记住作为社会人的常识，记不住“就业规则”和“我们的工作”就不能成为正式员工。考试的合格率为95%，正好将进入公司后不想继续学习的人排除在外。比如说，女儿每天从公司下班后回到家里，就开始学习，很多家长会问这是怎么回事，并感叹孩子比在学校学习都刻苦。有些老朋友现在还能将曾经记住的条目流利地背出来。通过背诵，寒暄的方法、数字的写法、报告书的写法、说话方式、行礼方式等都能转化为知识储存在大脑里。另外，她们还会在职场中通过OJT[1]培训接受实地指导。当时，能力和技术一年间就会出现明显的差别，就像从婴儿长成小孩一样明显。

大学毕业的男生进入公司后，首先会接受这些女员工的彻底训练。他们可能会感叹：“果然是大姐啊！”但万万没想到的是她们比自己还小三岁。这就是入职年份的差别。

在女员工退休仪式上曾有这样一首诗，前几句是：“两年比一年优秀，三年比两年强劲，如花的容颜……”

这种积累能力和技术的做法成为了各店铺的培训风格，这里

1) On the Job Training的缩写，意思是在工作现场内，上司和技能娴熟的老员工对下属、普通员工和新员工们通过日常的工作，对必要的知识、技能、工作方法等进行教育的一种培训方法。——译者

培养出的女员工，“社会”是没有理由放过的，娶回家后照样也能把家里照料得妥妥当当。就这样，OKADAYA的社会信用越来越高了。

一流、二流、三流的差别不在于企业的规模和业种，而在于非常细小的点滴。曾经有一个银行工作人员，他能清楚地判别出客户的工作地点是都市银行还是地方银行，或是相互银行、信用金库等。因为首先他们的说话方式不一样、出示名片的方法、待客方式、行礼的方式不一样，另外，客户群也不一样。

建筑公司也是一样的，超级承包商、准承包商、地方承包商、中小建筑公司，是哪里的营业人员一眼就能看出来，因为不同的公司对员工的要求水准、程度、培训风格也不一样，企业也是一种文化，风格源自最高层和干部的行为方式。

佳世客成立后不久，有一次小嶋对我说：“东海，你需要对佳世客的干部进行一次细节常识的培训。前不久，我和合并公司的××出去，他连如何坐出租车、客人应该坐在哪里都不知道，真是丢人啊。”在公司内不讲究上下礼仪的小嶋在公司外却不一样。不同的公司在礼仪上有差别，越是职位高的人越需要有相应的常识，如果是一般的员工还情有可原，社长和部长就不能原谅了，否则会损坏公司的信用。他们必须懂得时间、地点和场合的重要性。在古代的武士家庭，儿子在元服[1]后，常常代表父亲去别人家办事，此时儿子不仅要将父亲托付的事情告知对方，还要代表父亲和对方寒暄。人们称其为“辞仪”[2]。这就是“辞仪”一词的语源。能够做到“辞仪”的人才称得上是真正的成年人。

OKADAYA非常重视通过发表、会议、报告等进行人际交流的训练，训练在大家面前简明扼要地传达自己想法的能力，对文书也

1) 日本祝贺男子成人的仪式。——译者
2) 日语中意为礼仪。——译者

有同样的要求。

小嶋有一句口头禅："先说结论"。不管是文书还是说话，都要抓住要领、简明扼要。

7 调动工作是成本？

接下来讲对人的费用应看做是成本还是投资的问题，下面是一个非常具有代表性的例子。佳世客合并成功的重要原因之一就是人才交流。人才交流伴随着工作调动，从兵库地区到大阪地区，从三重地区到东海地区、东北地区、关东地区，这样就需要花费很大的费用。

在全国人事负责人会议上，某地区的人事科长H提出了一个建议，他得意地说道："小嶋常务，我觉得调动工作有个问题，就是费用太多，不如限定一下公司负担费用的范围，像汽车、钢琴这些搬运费用自己负担。"当时，小嶋是这样回答的："H，从费用的角度来看，也许你说得没错。你没有调动过工作，所以不知道这会给调动者带来多大的负担。他们要带着家人踏上一片陌生的土地，非常不容易。进一步说，我们公司的员工没有汽车也没有钢琴，这不是很丢人吗？不是什么好事。再说了，调动工作是成立连锁店所必需的，因此调动工作的费用就是一项积极费用。你们人事需要考虑的是选出适合调动工作的人，让他们干好工作。不是这样吗？"

还有一次也是在全国人事负责人会议上，其他部署的店铺建设部长A提出了削减店铺的建筑成本、将员工食堂取消掉的建议。他说："考虑到厨房设备、饮食空间，建议减少后方空间……"建议还没说完，小嶋就发怒了："不要给我提这么蠢的建议。没有了员工食堂去哪里吃饭呢？要削掉这些站着工作的员工的福利设施，这是什么削减成本？你就不能研究一下其他的、为公司做点好事吗？"然后，小嶋向部长A提出了两个改善目标："现在，食品收银员的负担很重，他们不仅得将商品从一个筐里放到另一个筐里，还得敲打笨重的收银机、听顾客的抱怨，我想听到建设部对收款周边作业的改善建议，另外，我还希望你们研究一下服务前台。"虽说导入POS机收款大大改善了收款作业，但改善收款周边作业是零售业永远的课题。后来佳世客在各店都设置了服务前台。

有一次，我从小嶋那里听到了这样的话。战争刚结束后，到处都没有食物，布匹等商品需要名古屋批发店的人乘坐火车一路背来，那是一个只要有商品就能卖掉的年代。当时，OKADAYA给从批发店运来商品的人提供饭吃，为了让他们吃饱还准备了好几个饭桶，他们非常高兴，因此很多人都希望给这里送货，甚至有些人一天之内能送好几趟。

这是一个“保健因素”[1)]成为促进要因的罕见话题。动机分为“保健因素”和“激励因素”，“保健因素”自身不会成为动机，但可以变为“无”和“不满”。这类似于马斯洛所谓的生理需求和安全需求。员工食堂的有无属于“保健因素”。

只从费用的角度看待人的费用，和杀鸡取卵没什么两样。

1）美国心理学家弗雷德里克·赫茨伯格的“双因素理论”。20世纪50年代末期，他和同事们对匹兹堡附近一些工商业机构的约两百位专业人士做了一次调查。在调查访问后他发现，使职工感到满意的都是属于工作本身或工作内容方面的；使职工感到不满的，都是属于工作环境或工作关系方面的。他把前者叫做激励因素，后者叫做保健因素。——译者

8 学习两万个小时

熟练一个业务需要多长时间呢？过去有个美国学者曾写到，不管是东方还是西方，熟练一个业务都需要两万个小时左右。尽管有职种差别和个人差别，但换算成年数的话，掌握皮毛需要三年，精通需要七八年。

我们来看一下学习的阶段。第一阶段是作业熟练期。这是掌握各个具体作业的时期，比起知识，更多的是伴随着手脚、身体体验的单纯作业。由于这个时期不知道各个作业流程和整体的关系，所以当事人有时会感到厌烦。我进入公司后被安排到商品管理科，负责收货验货的工作。每天运送公司都会将几百件货物和送货单一起送来，我需要核对送货单和纸箱的数量，核对交货单和纸箱里面的商品。也就是做确认商品名和数量的作业。

当时，从早上8点到下午4点我都在重复同样的工作。每天浑身湿透，这样的工作持续了半年。一点也不夸张，当时我就是工人，而同事们都穿着西服在卖场。有一天，当时人事培训部长小嶋来视察，我问道："为什么只让我做工人的工作呢？我想问一下理由。""那给你换一个吧。"小嶋通过不定期调动把我调到了伊势的店里，不过，调动后依然是在商品管理科。

第二阶段是熟练工作期。这时的工作可以理解为熟悉作业的集合，这是一个在不断重复单调的作业中发现作业之间联系的时期。你会发现在一周、一个月、一个季度中，作业是有一定周期的，工作的量和强度也是有规律的。星期五的到货量最多、一个月的中旬到货量最多，看供货厂商的名字就可以知道到货的商品，通过商品和价格可以看出是常规销售商、是广告传单商品、还是必须尽快从卖场卖出的商品，另外还可以知道作业的优先顺序。因为知道每个运送公司送的是哪个供货厂商的货物，所以可以不用按照到货的顺序开捆，自己可以随意改变顺序。例如，可以从大的货物开始开捆，这样就能腾出一些空间，方便后面的作业。另外，还可以得知哪个作业和下一个作业是连动的、有什么技巧、注意点是什么、能不能改变步骤、这个作业的周边知识、作业是什么等，从而将整个作业都了若指掌。

这里为了对作业有一个量的把握，需要记录和有意识地进行观察，能做到这点才可以称得上在“工作”，而这个人就可以称得上是“担当”了。

第三阶段是职务熟练期。这里所说的职务是工作的集合体，成为收获验货的担当后，你就会和下一阶段发生紧密的联系。比如说将价格标签贴到商品上。如果上一阶段验收时出现错误，发票上的价格标签数和商品数量也会跟着出错。而且即使这是批发商的错误也不能追究，因为商品已经通过了验收，只能造成损失。所以说验收是来不得半点马虎的，不能因为太忙，没经验收就盖章。此外退货商品的管理、配送商品的管理、订制产品的管理、甩卖商品的管理、根据卖场的需求改变价格标签、发票管理、准备下架等，各种不同的工作会渐渐变得多起来。

这里需要学习与其他“担当”调整、分担业务，因为这不是自己一个人能承担的工作。根据整个店的要求，必须具备相应的知识，对上层“职务”有很好的理解。此阶段是一个整体部分皆知的阶段。

还有一个就是工作的优先顺序。这里要求具备判断能力，判断工作的紧急度、重要度、影响度等，事情不是什么时候都能慢慢做的。

还有一个就是关键途径。关键途径是指随着工作的进行，会遇到不做工作就无法继续开展的情况，说得大一些就是法律所限制的事情。例如，如果建筑许可没有下来，建筑工事就无法开始。像这种批准、报告、裁决等都属于关键途径。

不管哪个职种都是从作业到工作、从工作到职务的重复。违背了这个步骤就一定会碰壁。我见过很多不成气候的人。总而言之，他们中有很多人都是不进行作业或轻视作业的人。

那么，熟练作业后会有哪些改变呢？

第一，用语会改变。渐渐能使用专门用语进行准确地表达了。

第二，行为会改变，变得更加专业。

第三，没有浪费、没有失误。

第四，注重细微之处，熟知窍门。

第五，速度变快。

看看优秀的木工、油漆工、泥瓦工、电工，都是这样的。

9 教育创造未来

这是关于松本市的一个望族——林家百货店的事情。和佳世客合作一年后，我以社长室次长的身份赴任去林家百货店。同去的还有佳世客的一名董事（非专职人员）和一名商品营业的老手。当时林家的销售额持续下降，从银行贷了很多钱，因此他们通过银行和供货厂商向佳世客求援。这是佳世客成立后不久的事。超市支援百货店，这在业界是个有趣的话题。当时佳世客立马着手干的第一件事是让R部长和T部长制定了一个针对赤字的中期三年计划，包括财物计划和改革目标，其中心包括四大内容：①业态转换；②分离采购部门和销售部门；③设立新店开发部；④基于目标组织展开培训计划。我事前把这个计划向小嶋、冈田进行了汇报，经过商讨后，再宣布给林家全体员工和劳动工会。可是劳动工会的上层是百货店中心的商业劳联，是长野县工会的领导，很有名望，他们非常强势，在业态转换上，怎么也说服不了他们。

我们的计划就是从林家从百货店转换到GMS上来。当时，他们只有全体人员经营一个店铺的观念。我的头衔是社长室次长，但实质工作是中期经营计划立案和人事培训，我们提出的是一个五年计划，五年后的目标为包括当时的那个店铺在内、共开设四个店铺。有店长4人、负责衣食住的商品采购科长3人、汇总部长1人、各店的科长12人、成员5人、未来的超市部门研究员2人、会计1人、人事培训1人、总务1人。粗略算来，部科长级就需要31人。这同时也表明了录用考试制度、资格制度及培训的必要性。

在当时的赤字经营中，想要抠出一些教育经费是很难的。预算中的教育经费很大，但小嶋和冈田都对我的工作表示了积极的支持，林家干部也给予了很大的理解。

工会干部当初非常反对，但我努力向他们说明了各年目标组织图。为了能够达成成立连锁店的目标，工会也渐渐软了下来。于是我将五名劳动工会的干部安排到新店开发部，两名安排到人事负责人事培训。开发部的成员意识到，如果现在和佳世客的开发部进行日常性的合作，将来就可以独当一面，从而产生了一种自豪感。人事培训的两人作为我的部下，同我一起参加了全国人事负责人会议，直接接触到了小嶋等人事总部的干部。

培训包括两大支柱。一是向佳世客大学的派遣。被派遣的这些人资质比较高，都通过了考试。考试合格后他们要接受一年的专门职位培训，和全国的志同者一起学习，在学习中他们的语言和举止慢慢发生了变化，还在佳世客集团多了一些朋友。

另一个是实施林家自己的培训。职能教育交给了佳世客大学，而林家专攻管理培训。管理培训分为彻底的阶层培训和各阶层的必要数值培训。课程开始之际，我邀请佳世客的小嶋做了开头报告，还请冈田参加了晚上干部会议。那次，冈田在食堂被一群员工围着，谈到夜里很晚。

各阶层的培训分为管理职位培训和监督职位培训。例如，在管理职位培训中，大家对林家各种财务报表进行了分析，分组讨论其问题点和解决方法。在监督职位培训中，大家对身边卖场的数值（商品周转率、天数、交叉率的数值以及与日常作业之间的关系）进行了比较彻底的考察研究。渐渐地，全体员工开始有了自信，佳世客大学的专门职位课程的人数慢慢增多，新店候补地点也渐渐有了轮廓。员工难得的自信带来了业绩的增长，商品周转天数明显缩短，周转中出现了剩余资金，不仅还清了全部贷款、利息也支付了，中介银行对佳世客的评价非常高。

改善后的第二年，在佳世客集团政策发表会上，“林家”受到了表彰。后来，林家改名为信州佳世客，继续进行连锁店事业，它还作为长野县中其他零售业合并的典范企业，业绩一直稳步上升，直到最后上市。教育从外面无法看到，但是，人会因教育而改变，因教育而成长，成员的成长能够促进业绩的上升，外部的评价也会因此改变。

10 派遣劳动的危险性

依照法律修正案，派遣劳动职种大幅度扩大。所谓大幅度是指包括了除港湾业务和警备业务之外的所有业务。扩大的目的是为了适应劳动的流动化和劳动者的需求。简明地说，就是双重雇用，雇用者不是所在公司的员工。

这个举措带来了很多问题。这里我们讨论一下企业应该如何定位派遣劳动，职种扩大后，企业内部还剩下什么、外部应该依存什么。

只考虑成本致使很多企业将目光转向了派遣劳动，派遣劳动能在企业需要的时候提供需要数量的人员，且随时可以供给。

在这里，人和物一样，也是系统装置的一部分。

更坏的情况是，在公司内成立了另一个公司，借新的待遇（劳动条件比过去的公司差了许多）将员工移籍，或者将全体员工派遣到主体公司。派遣劳动化导致技术外流，本公司因而失去从失败中积累的教训、经验、知识、熟练的技能，这类似于生产据点的海外转移带来的技术流失。

店铺作业可以大体分为两类，一类是操作作业，一类是销售规划作业。前者为陈列作业、补充作业，后者为订货、陈列整理、为促进销售所进行的创意作业等。

我曾经分别针对前者负责人和后者负责人做过实验，发现通过操作作业，可以掌握销售规划作业，因为简单、机械的作业中藏有学习连续知识的秘诀和从经验中获得的技能。

有一个超市，其卖场的运转主要依靠批发商，交货和陈列都由批发商进行，一部分销售也由批发商承担，这样就大大降低了劳务费。卖场的销售情况不好时，店长就会对超市负责人说："想办法把批发商换了。"这就是所谓的超级市场批发商（与制造商签订以货架为单位的管理合同，提供产品销售场所的批发商），与其说他是零售业，不如说是卖场租赁业。现在，这个超市业绩非常差，虽然经营方式不是全部的原因，但至少暗示了这种派遣劳动式的经营形式不可取。

还有一种类似的形态就是特许经营，简单地说就是业务委托，它与租赁人发生关系，在大型店铺中，借用卖场开专卖店。俗话说犬守夜、鸡司晨，做什么事还得靠行家，这种形态在活用专业技术上比较有价值，销售采取直营形式，经费为采购经费，由特许专卖方承担，百货店多采用这种形态。我刚当上店长的时候，曾受过冈田的训斥。冈田看到店中的花店后问道："这是什么呢？"我回答说："是特许专卖花店。""特许专卖是什么呢？""是业务委托，销售情况非常好。"听后，冈田追问道："价格是谁决定呢？""是对方。"冈田愣了一下，生气道："给我停止这种没有价格决定权的卖场。"冈田绝对不认同超市批发商和特许经营。他认为现有的这种通过自己销售规划、自己承担责任的经营才是根本。

听说工厂的承包公司以前也是以技术为中心、独立存在的合作公司，但后来被系统化了。系统化有两种途径。一种是以工场的形式出现，承担某一领域、接受系统化的公司，实际情况和派遣公司差不多，它没有自己的技术和专业研究领域。另一种是母公司的成本管理指导比较强势，子公司连产品盈利都受母公司的管理，处于不生不死的状态。这两种形式都是由公司零件化、系统化所导致的，而劳动的零件化引起了公司的零件化和系统化。

将哪个业务领域外购化（派遣劳动、承包、业务外包）、集中化、分散化，是企业成本与附加价值（技术）的博弈，是将哪里视为利润中心、哪里视为成本中心的问题。一旦实现了外购化和集中化，如果想再次体内化和分散化，就需要花费很多的时间和劳力了。

派遣劳动已成为了一个社会问题，其根本在于放弃了企业的社会性存在和社会性责任，其实不是放弃了，而是将责任直接丢到了别的地方。派遣本身包含着一种令社会不安的危险性，它必然会走向被社会淘汰的不归之路。

11 铸就人才的竹岸肉制品学校

这是一座拯救过佳世客的学校。

它成立于1964年，当时的正式名称为“竹岸高等肉制品学校”，由第一任校长竹岸正则（创业家、PRIMA HAM股份有限公司总裁）创建。现为学校法人竹岸学园，校名为“竹岸肉制品专科学校”，从这里毕业的学生超过了5500名。

OKADAYA以服装零售出身，首度开展食品零售是在1955年左右，当时对于食品零售，OKADAYA完全是一个外行。于是，OKADAYA将员工派往经营超市的老企业红丸、长野的仁科等地方进行研修学习，从一开始就没有依附于专职人员。随着1970年佳世客合并，近畿地区的店铺成为专职人员的世界，他们不属于店长管辖范围之内。此时，小嶋站了出来，和这些人对峙，因为她不需要不在管辖范围内的人，她需要新技术员和管理者。

由于当时要成立的肉制品加工中心时也没人，所以小嶋将大量的大学毕业的员工派到了“竹岸肉制品学校”。那里有一位小嶋非常尊敬的优秀指导者——藤中利彦老师（1981年担任第四任校长）。总之，入学的员工不仅在技术上有了很大的进步，而且在行为举止、说话礼仪上也有了很大的长进。

这里对学校的教育方针做一介绍。

“本学校的管理理念为：首先形成自我人格才能成为领导众人的优秀管理者。全部采用寄宿制，通过集体性、有规律的活动培养学员看人的眼光、孕育团结互助、奉献的精神；通过有规律的活动，让学员掌握教养、规范，探求何谓道德以及如何做人；让学员在体验和实践中掌握经营能力。”（摘自学校主页）

从竹岸肉制品学校毕业的学生不久后就成为佳世客的中坚力

量，他们投身于这场改革的浪潮中，在肉制品采购、运营、店铺内肉制品技术指导等方面发挥了非常重要的作用。从这个学校毕业的学生不仅活跃在肉制品领域，后来还作为整个食品采购部门的领导、店铺运营的事业部长等活跃在佳世客内。

从技术上来讲，他们可能不如前面所说的专职人员。但是，这些毕业生在集体生活中接受了良好的人格教育以及如何做好管理者、领导者、指导者的教育，他们没有辜负公司的期待。小嶋经常向我们提起藤中老师，藤中老师了解每个员工，包括从技术方面到精神方面的强项、弱项、适应性等所有的一切，比他们的父母知道得还要清楚。

之后好几年，佳世客继续将许多员工派到那里学习。最初的员工成了干部，这让佳世客拥有了一大批优秀干部。竹岸肉制品学校的派遣完成它的使命后也就结束了。现在，佳世客食品领域的销售额占总销售额的50%以上。

12 人事始于录用、终于录用

录用是对质的选择，而质很难鉴定，单纯从事简单的劳动倒没什么，想到此人可能会肩负公司的未来，那难度就增大了。

录用是一个运用排除法甄别、筛选的过程。

这就是录用考试的目的所在。学校的选拔、笔试和面试，都是为了排除不满足一定条件的人。学校刚毕业的新人可以通过一定的标准排除，但年龄大且有过职业经历的人，也就是转职者就非常难办了。从这种意义上说，录用是一种赌博。但是，不是说没被录用就说明这个人不行，公司本身有好坏之分，有时没有被某些公司录用反而是一种幸运，并且，有些公司和负责人也没有眼光。

只有通过看本人点点滴滴的过去、问他现在、将来想干什么，才能推断出这个人对公司是否有用。推断需要一定的技术、经验和审美能力。从OKADAYA时代开始，录用时都要进行综合性格测试，测试分为两种，一种是补数计算，也就是加减法。这种检测不是为了检查应试者头脑的好坏，而是为了检查此人在数字方面的适应性。如果一个人的检测分数低，就不能把现金出纳等金钱管理工作交给他，这是从常年的经验中总结出的一条规律。另一种是性格测试，这个测试最重要的一点是测试可信度，看应试者对问题的回答是否可靠，可信度低的人，公司不录用。以上是笔试，其实对面试官来说，问题最大的是“面试”。这个环节需要有一定的技术、经验和直觉。所谓经验就是临场次数，阅人无数最好。直觉是天生的，有些人对人完全没有兴趣，也很少能感同身受，这就是所谓的人盲，这样的人不适合当面试官。接下来是技术，针对可能成为面试官的人，小嶋举办过“面试官讨论会”。当时请来了东京家政大学的金平文二教授，进行了理论与实践（角色扮演）的讨论会，几乎所有的管理者都参加了，而获得许可的就可以当面试官。讨论会的内容是训练面试官如何询问应试者、如何让对方说话。其中，最忌讳的情况就是面试官在那里喋喋不休，被面试的人只回答“是”或“不是”，不过这样的例子还真不少。

从长远来看，录用时表现优秀的人不一定有出息。相反，有出息的人大都被排除掉了，因为录用的目的不是录用少量的有出息的人，而是录用大量的优秀者。那么，优秀者是什么样的人呢？用小嶋的话来说就是具有革新精神的人。这些人不是保守的人，而是具有什么都想挑战一下的热情、有智慧和有无畏精神的人。

F于1963年中途进入OKADAYA。面试时，小嶋问“你最近在读什么书呢？”，F回答说：“唐木顺三的××，老鹤辅出版社出的。”也许是给小嶋的印象好，他被录用了，在这里那里的担任职务。1965年，他决定离开公司，提交了辞职信。小嶋打电话说：“F，你马上来一下大阪。”“天已经黑了，不能立刻去。”小嶋试图打消他的念头，说：“你可以辞职，但是你想象过二十年后自己的样子吗？”不过最后，F还是辞职了，开始自己经营事业，但是一直不顺利。后来他又开始尝试一种特殊的广告业，此时F才开始发挥自己的本领，他限定了广告登载的业种，只为正经的公司（和公司规模大小无关、接近社会公认标准的公司）登载广告。而且，他的广告登载价格很强势，把价格决定权紧紧握在自己手中，拒绝降价。他还限定了活动领域，为了消除错误、树立起信用，他成立了好几道审核体制，还制作了应对手册以防万一。

他公司的业绩一直稳步上升，从OKADAYA辞职后，经过三十多年，公司已经成为一个超优秀的企业。该到故事的结尾了，F说：“我至今还记得小嶋说的那句话，你想象过二十年后自己的样子吗。”其实F的成功是靠他自己的钻研和努力获得的，他就是小嶋所说的具有革新精神、无畏精神的人，不管什么事都想挑战一下，而且拥有坚定不移的经营原则及将其贯彻到底的决心。如果当年他没有离开佳世客，就不会有这样的超优秀企业，而他在佳世客是否能够一样成功也不得而知。同样地，也有好不容易录用了，可是随着时间的流逝，却因一些综合性的原因断了缘分的情况。其实录用就是公司和员工的一种“缘分”。

13 把我订的“电饭锅”拿来

这是一个极其容易让人误解的题目。

佳世客成立后不久，星期一的早会后，董事商品部长来到小嶋所在的人事总部，问道：“小嶋，早上好！您给我打电话有什么事呢？”小嶋大声说道：“M，你这是什么意思呢？前段时间，我去店里想买个电饭锅，被告知现在库里没货，不过可以帮我订，所以我拜托他们货到后送到我家。昨天我回到家后，货已经到了。打开一看，不是我订的那一款。我订的是9800日元的，送来的却是16800日元的高级货。肯定不是我记错了，我们家只有两口人，我压根儿都没想过要买那么好的电饭锅。你送这么好的东西是想讨我欢心吗？你和你以前的公司都是这种作风吗？公司干部来买东西的话你都会这么做吗？你去买东西，员工也会这么做吗？我不需要，佳世客最讨厌这种事了。好好记住！能把我订的电饭锅拿来吗？”小嶋气势汹汹地一口气说完后，M愣在了那里，无言以对。人事总部的员工也不知道发生了什么事，默不作声。

过了一会，M来到我的座位旁，沮丧地说道：“有必要那么生气吗？我哪会用那个东西去讨好小嶋呢？只是觉得应该送去一个好点的，谁知会搞成这样。”当时，我记得自己说了这样的话：“M，也许我是在说大话。今天的事依我的解释是，你在以前的公司是创业者，是元老级人物，这次率领全军来到佳世客。不过这里的很多价值判断标准和之前的公司都不一样。今天，小嶋说的话是对M你个人的教训，也是想告诉你的部下佳世客的标准。而且，小嶋是在用具体的事例告诉你，作为一个领导者，必须十分注意自己的行为。”这和伊索寓言里“金斧银斧”的故事讲的是同样的道理。

人有很多类型，我认为可以分为四种：①宽以待己也宽以待人的人；②宽以待己，严以待人的人；③严于律己，宽以待人的人；④严于律己也严以待人的人。

在社会中，不管哪种类型的人都有各自的生存之道，只要自己觉得不错就可以了。但是，对于政治家、行政或企业的最高层等社会的领导者来说则另当别论。类型①的人本身就不适合做社会的领导者。如果这样的人做了领导，那大家都危险了。这种类型没有讨论的价值。类型②的人我最讨厌了，但这种人还真是不少。这种人对他人严格，却宽以待己，所以会在别人面前把自己伪装起来。很多落马的政治家和官员、发生伪装问题的管理者都是类型①和②的人，为了赚钱，他们可以一脸平静地强迫员工干一些不正当的事。类型③的人值得信赖，但在需要对一些讨厌的事情做出判断的时候，却往往好心办坏事。类型④的人最适合当领导了，可以委以重任。但是这种类型的人很少。他们近似于求道者，不容易接近。这样看来，还是介于③和④中间的人比较好。

那么，前面所讲的电饭锅的故事怎么样呢？我认为这是一个关于类型④和类型①的故事。类型④是小嶋这种，类型①是M这种。

14 公寓是研修所

那是OKADAYA时代的单身男子公寓，名叫“青丘公寓”，从18岁到28岁的男性员工住在同一屋檐下，吃着同一锅里盛出的饭，人数最多的时候可达八十人，而年龄再大一些就会搬到另一个稍远的公寓。在同一块地上，有两栋公司公寓，后面是小嶋的家，侧面是冈田社长（当时）的家。新员工面临的最初的考试是员工二级录用考试（当时的班长考试），而在公寓中的最早考试则是前辈们的主任考试和科长考试，通常是在四日市祭祀活动之前的8月上旬。

一进6月，整个公寓的气氛就会改变。以前在食堂边吃饭边看电视系列节目《逃亡者》的那些人都不见了踪影。而且，每到法定假日的前一晚，大家都会熬夜学习，宿舍的灯就一直亮到早晨，此时，附近的居民就会意识到，又到OKADAYA的考试时期了。这可是每年一次的盛事。在OKADAYA，前辈对后辈、上司对部下有教育的责任和义务，更确切地说是有这样的传统和风气，平时在职场，除了在职训练之外，向部下和后辈传授各种录用考试的经验技巧也是理所当然的事。这是部与部之间、店与店之间、科与科之间的竞争。如果自己所在的科中出现了不及格者是科长的羞耻。相反，有很多的通过者则是值得在职场中夸耀的一件事，也是一种名誉。因此，前辈和领导回到公寓后也很有压力，虽然不喜欢学习，但置于这种环境中也就不得不学习了。对于参加考试的人来说，公寓其实非常方便，这里有很多人毕业于一流大学，也有一些前辈擅长某些科目，比如说Y擅长数学、K擅长组织管理等，如果有不明白的问题，可以直接到宿舍请教。

没有考试的时候，大家也会经常聊天。有时候，八十多个年轻人聚在一起聊政治、OKADAYA的将来、上司的批评、自己的职务、失败、成功、恋爱、爱好，讨论的话题应有尽有，凌晨两点睡觉是大家的惯例。

有时，公寓长会进行广播："晚上九点开始，冈田社长要讲一下关于美国视察的情况，请大家在二层的大厅集合。"有些人就直接从浴室来到这里，有穿衬衫的、有穿浴衣的、有穿背心的、还有只穿个裤衩的，形态各异。冈田社长会将购物中心的机构或设计图画在黑板上，然后进行说明："美国的大型购物中心中，水果和蔬菜按颜色整齐地摆成竖条，而我们只是按种类堆在了一起，山川，明天试着把胡萝卜和青椒也排成这种形状。这次让我感到吃惊的是，美国的冷冻食品卖场只有我们店的一半大，在日本，这样的时代也终将会到来，有谁能对此研究一下吗？"这发生在OKADAYA刚开始经营大型购物中心后不久。冈田社长平时就不喜欢讲理论，他把具体的排列方法画在黑板上，讲得有声有色。他还让我们传阅从美国拿回来的资料，一直说到深夜。我们各自想象着从没见过的美国的卖场，想象着什么时候自己也能去美国学习学习。冈田社长经常来访问公寓，和大家一起洗澡，或在食堂抓几个人问这问那。

我说这些不是为了回忆过去，而是为了警戒不重视人的今天。今天的一流企业效益不好时，不在经营上做出努力，而是动不动就裁员。我想让这些企业想一想，人的成长和工作是怎么一回事，而公司又是怎么一回事。也许小嶋和冈田都会这么想，没有年轻人的成长就没有OKADAYA的发展。其实不仅是公寓里的员工，所有的员工都是这样，员工的成长是公司发展的唯一道路。只有真正的创业者、真正的管理者才能体会到什么叫做"任重而道远"。

15 什么是人的器量

我认为人的成长起因于责任的轻重，也就是责任感。

责任感不是先天性的，而是后天的。人在幼儿时期没有责任感，责任感是在从幼儿、经过少年、再到青年的过程中，随着自我的确立逐渐培养起来的。

幼儿时期帮大人干活就是一个很好的例子。能够帮得上忙、想帮忙的心情慢慢会转化为一种责任感，转变成社会性的认识。那么，怎样才能培养责任感呢？一是承担任务，当班长、当年级代表、当学生会长，从安排值日等小活动中产生对他人的责任。说一些题外话。如果能力相近的成员，学校或公司会采用“值日制”来考察成员的责任感。例如，每天值班时，需要将从早会到晚会的每一件事都记在“每日报告”上，让别人一目了然。责任感强的人会在早会将当天的计划传达给全体成员，察看所有的工作岗位，或处理洗手间的污渍、或察看来访者的姓名和事情等，将一天的事情完全掌握于心。每天的报告也都会这样事无巨细地记录，而没有责任感或责任感淡薄的人只会写上“没有异常”。

这不是表现的优劣问题，而是考虑问题的广度问题，可以看出他们是能否考虑到看每日报告的人。

升职后，如果不考虑同事、上司、相关人等，迟早会被从公司排挤出去。考虑他人是一种对他人的责任感，而以自我为中心随心所欲是绝对不允许的。责任感淡薄的人、迟钝的人不会被公司和社会所信赖。

从单身到结婚会产生对配偶的责任感，生了孩子会增强对家庭的责任感，自己是自己，但又不只是自己。这样，从个人到很多人，在和众多人产生联系后，责任感就会自然形成。从某种意义上说，走向社会也是扩大责任感，另外，从职业中也能产生出责任感，这里或许说使命感更为贴切。一般来说，从事和人的生命息息相关的职业的人具有更强的职业责任感。例如，医生、护士、消防人员、警察、飞行员或火车司机等。这是理所当然的事。这里，我们来考察一下经营中的责任感。

如果事业只是赚钱的手段，那么为了采取万全的体制，既不需要录用很多人、也不需要完善设备，只要考虑金钱的运用就可以，或放高利贷，或进行投资都可以，也没有必要将事业规模搞得那么大，只要生意能够糊口就可以了。从这种意义上说，对社会、对他人的责任感是事业的根本，此时的责任感就是志向，志向大小决定了事业的大小。这就是管理者的器量。

如果小嶋和冈田在战败后的目标只是四日市的一个商店，那么冈田不过是商店的第七代主人，就不会有今天的永旺，既不会在几年后学习美国的先进零售业，也不会录用北海道、九州的大学生。不过小嶋和冈田认为“店因客而存在”，并把企业理解为“公”，标榜经济民主主义，倡导流通革命，志在为顾客提供更好的商品。这才是真正的创业者。

两人的共同点是将店铺、设施以及人理解为“公”，认为这些是社会所托付给他们的。如果没有这样的认识就不会有对失败的宽容和对人的教育、成长的关心。他们对有缘无分、中途离去的人的成长也由衷地感到高兴。总之，两人都是真正的教育家。

志向的大小就是对他人责任感的广度和深度。将自己以外当做“公”的广度就是一个管理者的器量。

第 6 章
识别人才的标尺

1 知识的经验化、经验的知识化

这是一个先掌握知识再获得经验，还是先去体验再从中得到知识的问题。从掌握的速度来看，前者比较好，从教育体系来看也是前者比较好。学校教育就是一个很好的例子，特别是正在急速成长的公司需要大量专业人员和管理者的时候，从知识教育入手效率更高。从人才的角度来看，只有知识没有经验的人是无用之人。有些人取得了律师资格证或会计师资格证，但实务却完全不行。为此，他们必须先跟着前辈实务者干一段时间，在事务所通过实践进一步学习。那么，只有经验的人又如何呢？他们在掌握一种技能时需要花费更多的时间，而且不能把自己的东西传授于他人。这样看来，我们需要的人才是既有知识又有经验的人。

也就是将获得的知识运用到实践并进一步学习的人，能够通过实践、验证，将经验知识化，进而将其内化的人。

小嶋是一位非常出色的学习者、读书者和实践者。有这么一件事。小嶋晚年投入自己的财产创办了一个美术馆，馆内录用了一个学艺员A。美术馆每隔三个月就要替换一次企划展的陈列，这是晚上的作业。虽然实际的陈列工作是由美术专业人员完成，但A必须在一旁进行计划和指挥。有一回凌晨3点才完成。第二天，小嶋问A："昨天几点完成的呢？""3点。""12点之前完不成不行啊。计划和现场的指挥做不好才会拖时间。"第二天，小嶋对A说："你读读这个，还需要学习一下。"说着，小嶋把德鲁克的一本管理书籍递给了A，A吃了一惊，因为他是大学的老师，既没有现场指挥经验，也从没读过德鲁克的管理书。不管是什么时候，经验和知识都是必不可少的。

说几句有些跑题的话。知识只有通过实践才能产生价值，没有知识的实践经验往往以徒劳告终。

什么是经验的知识化呢？它指的是是否能将实践了的东西体系化、步骤化、分解和运用于指导的能力。这类似于组装家具的组装步骤书。

技能性的职务尤其需要这种能力，公司需要很多有技能的人员，而师徒体系中的手把手教法是无法与其匹敌的。小嶋非常重视制作各种手册，将老手的技能经验知识化，其中包括各部门的职务手册、店长手册和销售主任手册。在新店开店之际采用新人有很大的风险，所以一般都是有经验的人在那里就职领队。对于没有经验的人，《开设委员长手册》简直是一本圣经。这本实务性的书能起到非常大的作用。

知识经验化、经验知识化。只有不断循环往复，才能造就强大的“实务者”，将知识和经验结合在一起的人才能成为人才。这样就不再是马齿徒增、虚度年华了。

2 过去、现在、未来

对于“何为了解一个人”的问题，小嶋是这样回答的：知道他过去怎样、现在在干什么、将来想干什么，也就是他的过去、现在和未来。

所谓过去就是广义上说的这个人的成长环境、成长经历、学习经历和工作经历等，环境可以塑人，小时候的环境可以影响一个人的性格，监护人对其影响尤其大，可以影响到这个人成人后的行为标准和处理事物的方法。双亲单亲都无所谓，如果对孩子过于溺爱、过于严厉都会对孩子的影响极大，极度贫困也是如此。事实上，很多出现不正当行为的人多成长于这样的环境中。当然，这不能说成长环境是直接原因，还有很多其他复合性的因素。

对于本人来说，过去是无法改变的，也是无可奈何的。

在公司的人事评价标准中，小嶋没有将“即使做出努力也无法改变的东西”当做评价尺度，不管过去怎样，只要能跨过去并勤奋努力就能得到很好的评价。OKADAYA的录用和贫富、双亲的职业、双亲的有无等无关，只根据此人录用。事实上，OKADAYA中有很多单亲的人，而当时银行等业种中却有排斥这些人的倾向。

小嶋平时并不怎么关心员工的过去，但发现非常优秀的人或有背信弃义的行为的人时，她就会仔细查看他们的“个人档案”，亲自确认是否和过去有什么关联性。这样做也能增加自己对人的知识吧。有这样一个笑话。有一次，从长崎县警署打来电话，说逮捕了我们公司的员工A，想确认一下到底是不是。当时，小嶋生气道：“东海，把A的个人档案拿过来。当时是谁录用了那家伙？”接着，她不好意思地笑道：“是我。”“录用很难啊，果然……”她看着档案似乎找到了答案。至于她从哪一点中找到了答案，我也不知道。

关于了解员工现在的方法，制度上来说是通过自我报告书，但小嶋经常发动提问攻势，“你现在干什么工作呢？”“现在致力于什么课题呢？”“有什么问题吗？”“最近在读什么书呢？”“一个月的学习费用是多少钱呢？”“正在存钱吗？”“身体怎么样？”“家人怎么样？”等，问一些连父母都很少问的问题。从这样细致的关心和寒暄中，小嶋知道了现在的他或她的情况。

知道将来最为重要。对于本人来说，将来是希望，是梦想。

将来也是活力、努力的源泉。即使现在没被眷顾、怀有少许不满，只要有希望和梦想，就会不辞劳苦地努力前进。佳世客采用自我管理的人事制度，对于员工的希望，公司会伸出援助之手。公司也会尽量将目标明确化，让员工去挑战。当公司目标和个人目标一致的时候，效果最大。小嶋的提问中也有很多是关于将来的，“将来想干什么呢？”、“为此，你正在进行哪些学习呢？”、“3年后、5年后、10年后你会是什么样子呢？”等。针对员工的回答，小嶋会给出具体的建议。例如，为此最好先熟悉这个职务、你去请教一下前辈的谁谁、学习的话这本书比较好……总之，她会进行具体的指导。可以说，只要和小嶋有过接触的人都曾接受过这样的指导，不管公司内还是公司外。小嶋的指导是对对方的一种期待，没有被小嶋指导后不奋发图强的人。有这样一句话：“士为知己者死。”小嶋期待能够塑人，而我就是被塑造的一个。

3 期待塑人

我曾读过对西乡隆盛人物像的解说："他像一口钟，重击则震响，轻敲则低鸣。"人的能力决定于期待的大小。小嶋曾经说过："孩子决定于父母的期待程度，尤其是女孩子，很大程度上会受父亲期待的影响。"小嶋是从小听着父亲的"孩子是宝"长大的吧。

公司也一样。对于员工，最好明确地表示出对他们的具体"期待"。这会成为员工的"目标"和努力的方向。小嶋以此为支柱，通过录用考试制度、职能资格制度和培训制度的联动来明确表示对员工的期待。

录用考试制度打开了一扇消除了年龄、性别和学历差别、谁都可以尝试的窗口，而职能资格制度使职种变动灵活的人事录用成为可能。培训制度有助于帮助员工设定自己的前途和目标、吸收应对变化的知识和技能、扩大个人能力。

另外，关于任用的人员，公司整体有年轻化的倾向。我进入公司的时候，伊势店的店长27岁，股长25岁，公司让他们在年轻的时候就任了重要的职位。而佳世客成立时，店长的平均年龄为32岁左右。

依我的工作经验，不管业界和业种，年轻时就被公司有所期待、承担重任的人，年老后也能轻松地处理"繁重的工作"。相反，年轻时候轻松、承担责任轻的人，年老后也无法处理"繁重的工作"。后者的特点是立马躲开、回避责任、找借口。说句题外话，再雇用一般喜欢雇用曾经承担过"重责"的人。

年轻时候进行锻炼的另一个好处就是能够发现本人的特点。大体说来就是发现适合多能职位（generalist）还是专门职位（specialist）。对前者需要职务扩大（job largement），后者需要职务深耕（job richment），培养方法不一样。

年轻时委以重任还有一个好处就是即使部署发生错误，也能及时地纠正过来。不管对于公司还是对于本人，这都是一件好事。

小嶋非常重视整个公司及地区、相关公司的年龄构成（男女之间、职务之间、各店之间）数据。没有年轻男性的职场，女性的士气相对较低。同样，没有年轻女性的职场，男性的士气也相对比较低。另外，年龄越高的职场越缺乏改革热情，年龄构成和“组织风气”有很大的关联性，甚至能影响到整个公司的“企业特性”。针对年龄构成的变化制定相应策略和调整措施也是人事的一大职务。

介于业绩的原因，企业有时会中止录用新人。从长远来看，这会给公司带来不良后果，所以对年轻人的期待也是对下一代的投资。

即使在业绩不好的时候，小嶋也从没中止过录用新人，也没削减过教育经费。总之，“期待”是需要成本的。

4 看细节

身居高位者其责任也重大。由于部下人员众多，很多事情都无法了如指掌。有时还会因连自己都不知道的事情被追究责任。

这样，平时和部下的交流显得非常重要。需要密切关注部下的情况、甚至是日常发生的小事。所有的事情都是原因和结果、输入和产出的关系，即便是看起来十分偶然的事件，其实也是有间接性的原因、很早就有征兆的，只不过是没有意识到而已。小嶋就是一个非常注意细节的人。管理职位也需要这种能力。

OKADAYA时代有员工购物制度。员工购物可以打折，一月一结算，折后的金额从工资里面扣除。这是一种员工福利。这种购物制度被称为“当座”。每个月的购物金额设有上限，当然有超过上限的时候，例如买结婚用品的时候。但是，因为不是现金支付，所以常常就买过了，这时就会扣工资。当然，人事工资主管人员会送来个人明细。小嶋要求超出限度的人必须提交理由书，严重的时候还会叫来进行警告。小嶋是这样想的：“不能将公司的金钱和贵重的物品交给不能够进行自我金钱管理的人。”另外，她还会检查是否有利用别人的购物机会打折购物的行为。因为从某种意义上说，这是一种不正当的行为。

举一个例子。店里有员工食堂，由“食事会”来运营。公司负担设施、营养师、烹饪师等的劳务费和一定的食事会辅助费。员工加入食事会，缴纳一定的会费就可以低价买饭吃。“食事会”的会长是店长和店里的员工代表。不过想平衡营养、经济和喜好之间的关系很难，如果偏于喜好，那么就无法达到经济和营养的标准，给员工带来负担，而只注重经济的话，虽然会出现盈余，但员工的不满也会随之增加。食事会每月都会给小嶋提交一次各店的收支报告书，极端的盈余和赤字都是不允许的。会费也必须是相应的金额，这直接关系到评价店长是否关心部下、涉及对地区人事科长的评价。食事会的会计管理采用“账外管理”的方式。另外，小嶋对食事会的运营也极其关心，要求管理者必须注意细节，比如说：休息室的整齐程度、在休息室的休息方法、设施、橱柜、员工洗手间等，她从这些细节看店长对部下的管理和关心的程度。有些橱柜让人看了以后大失所望，而有些橱柜则会让人另眼相看。

总之，小嶋是一个几近刻薄的人。员工携带的物品、装束、与身份不相称的装饰、化妆等细小之处一个也不放过。当然，她也不会放过这些细小之处的变化。

从小事中可以看出一个人的为人。为人是心的表现、态度，也是一种习惯，习惯比观念、想法还难以改变。

事实上，在店中发生工伤事故最多的部署是清扫和整理不力的“水产加工所”，而认真进行清扫和整理的地方垃圾少，发生的“事故”也少。桌子上、抽屉里乱七八糟的人是不能委以“重任”的。这不是性格的问题，而是“公共意识”低、习惯的原因。

国铁[1]时代的洗手间脏是出了名的。但是，改为JR[2]后立马就变干净了，服务也变好了。从官意识变为了民意识，从“允许你乘坐”变为了“您乘坐”。当时，虽然人们还没有那么关注卫生间。

零售业是一个“注重细节的行业”。

1）日本国家铁路。——译者
2）日本铁路公司，日本国家铁路私有化的结果。——译者

5 是事故还是事件，是不正当行为还是失败？

经营事业常伴有失败，害怕失败就无法成长、无法革新，但如果失败是致命性的，那就麻烦了。这就是失败的质和量的问题。

小嶋和冈田对失败都比较宽容，他们注重挑战的果敢性，而不是结果的失败性。没有上马就没有落马，什么都不干的话，肯定既没有失败也没有成功。如果形成回避挑战的组织风气，那么这个企业就要完了，而培养不断地寻求变化、革新、挑战的风气才是最高层和管理者的责任和义务，也是他们用人时不得不放在心上的事情。一个人是否为优秀的人才，不用是不知道的，而且也要看怎么用。用人有失败的风险，对于企业和个人来说都是一种交费学习。

负责新事业等风险大的业务的干部失败后，小嶋和冈田还会给两三次机会，我见过很多人在最后都成功了，看到这种情况时，我甚至会想小嶋他们是不是规定了允许失败的次数。

这里必需看清楚的是失败是否由不正当行为引起，是事故还是事件。对于不正当行为必须严格处置。依小嶋的经验，宽大处理有不正当行为的人，不仅对本人、对公司也没有任何好处。原因是，有不正当行为的人几乎都不会把事实都吐露出来，只会说出三成左右，呈现出的只是冰山一角。对于不正当行为一定要严厉惩罚、立即处治，这是非常重要的。

知道部下的不正当行为，并对其进行隐瞒，这本身就构成一个事件，也是一个事故。有时，处理不当可以将事故转化为事件。例如，对事故处理迟缓、隐瞒、扭曲事实等行为都是违反社会常识的行为，会将单纯的事故发展为大事件。而如何处理事故也是一种企业文化。

佳世客成立后不久发生了这样一件事。

佳世客电子计算处理的委托公司倒闭了，原因在于委托公司与租赁公司之间所签订的虚拟租赁合同，而我公司的A部长是否参与此事呢？

从负责人那里接到报告后，小嶋立马展开了调查。当时A本人的听证会我也在场，详细经过先做一下省略，核心是A只是被卷入了这个事件，还是积极参与了这个事件。这个公司和A在工作上有过长期的合作。A有从事电子计算处理的长期经历，是个仅次于董事的、有资格、有能力的人物。当时的调查非常困难，因为对方公司已经倒闭了。从本人过去的实绩和评价来看，他并不像是自己积极参与的，很可能是被害者。但是，从他的职位和立场来看，从社会常识来判断，他又是同谋。这件事情是事故还是事件，是不正当行为还是失败，非常难以判定。最后，A从公司辞职了。这是小嶋做出的罕见的灰色决断。听说，数年后，A成为董事活跃在另一个公司。

所处的位置越高，其判断和言行越容易从事故发展为事件、从单纯的失败发展为不正当行为。社会标准往往高于个人的能力，个人反而像不食人间烟火之人、井底之蛙、不穿衣服的皇帝一样无知。我现在还想着这样的问题，A当时是翘尾巴了，还是被人算计了呢？不管怎样，都应该以此为戒啊。

6 达成动机和友爱动机

人的行为中必定藏有动机。在这里，我希望大家把动机理解为“某种倾向”。达成动机强的人具有强烈的目的达成意识、不在乎自己的形象、和他人协调的意识淡薄、朋友意识淡薄。而友爱动机强的人则协调意识强，喜欢和朋友一起、对公司或集团的归属意识强，所以友爱动机也被称为支持动机。

佳世客对新入员工都要进行综合性格检测，对干部还会进行更加复杂的性格检测。有一次，对干部的达成动机和友爱动机进行分析后得到了明显的结论，达成动机强的人很多都是在某种不定期录用中突然成为干部的人、有过跳槽经历的人。相反，友爱动机强的人大都在定期录用中成为干部。也就是说有跳槽经历的人很多都是达成动机强的人。

即使有跳槽经历，但如果年轻时就进入了公司也不容易看出这种关联性。

达成动机和友爱动机是个人本来就有的性格倾向还是后天的，这不得而知。但从长期的观察结果来看，达成动机强的人事实上会表现出一些特有的行为。

①总是看着上司，对部下的关心淡薄；②善于自我宣传和自我推销；③非常关心业绩，并会告知好的业绩是自己的功劳；④致力于提高业绩。从最高层或上司的角度来看，这是难得的“好部下”。能够提高业绩，也能给组织带来活力和刺激。可是，部下就难以忍受这样的上司，正所谓“一将功成万骨枯”，这样的人很快就会让员工士气低下，业绩下降，优秀人才纷纷离去。

佳世客自成立以来录用过很多干部，总公司的部长、相关公司的最高层等重要职务。这甚至让佳世客一手带大的干部都有些嫉妒。但从结果来看，从入职到退休，一直都坚守岗位的人少之又少。

而友爱动机强的人则表现出和前面完全相反的倾向。能发挥这种特征的就是拥有众多部下的店长或事业部长吧，这样的人最适合通过全体成员的通力合作创造成果。如果说达成动机强的人最适合专业职位，那么友爱动机强的人最适合管理职位。

两种动机没有好坏之分，最重要的是把不同动机的人放到适合他们的位置，和适合他们的人组合在一起。这是识别人才的一个关键点。

7 什么是虚构性

小嶋在长期的人事经历中，将企业的盛衰和人的性格的关系总结如下。

“最高层往往会重用虚构性强的人。所谓虚构性就是不真实地传达实事，也就是说，消除真实中不好的东西，只把真实的一部分当做真实的人就叫虚构性强的人。他会对最高层隐瞒不好的东西，只把事实的一部分加以特写呈现给最高层。最高层也是人，容易相信顺耳好听的话。虚构性强是一种天生具有的性格，所以虚构性强的人自己不会意识到这一点。依我这么多年的经验来看，虚构性强的人一定会在他人失败的时候告诉自己现在对自己不利。但是，即使有自己的责任，他也会相信绝不是这样的。虽然人不可能没有失败，但他会认为自己一定不会失败，这就是虚构性。很长时间我都试图解释这种性格，但真是不太容易琢磨。容易迷惑最高层的决策、身处强大、有影响力的宠臣位置的人大都是虚构性强的人。所以，研究这种人是一件非常重要的事。人事的要点就是看破这种性格，把这种人从身旁排挤出去。”

这段话记录在供人事负责人学习的《人事政策备忘录》中。

这是OKADAYA时代起一直支持着社长的小嶋总结的窍门，也是她的信念。

最高层也是人，所以要将虚构性强的人从身边排挤出去。小嶋对包括自己的最高层、其他干部的亲信（包括秘书）都非常严格。她不在最高层周边设置亲信成员，不长期雇用同一个秘书，且上司换了秘书也要换。

一个公司容易产生亲信政治和办公室政治的倾向，以上的对策就是为了防止这种倾向。

后 记

十三年前，因为不想浪费漫长的上下班时间，我总会在笔记本上记一些东西。那时，我首次想到要写这本书，于是尽量把终将会慢慢变淡的记忆片段记在笔记本上。每年新年的时候，我都会下一次决心“今年一定要写完”，但一直拖拉到今天，其实正儿八经地整理和写作是从2008年7月开始的。我想以此作为对自己漫长工作生活的一个总结，作为对小嶋千鹤子女士和冈田卓也先生的一种感谢，也想通过此书将我从诸位前辈那里学到的东西传承给下一代。

在二十岁出头时，能遇到拥有强烈个性和热情的小嶋千鹤子女士和冈田卓也先生是我今生莫大的荣幸。将许许多多的教诲和回忆汇总成一句话就是：“学习有利于社会。”是的，职场就是一个“学校”。

在这本书中，我将从小嶋千鹤子女士那里学到的东西尽量用具体的“话语”的形式，将里面蕴含的经营哲学、对人和组织的看法及想法通过我的理解阐释出来。我还尽量将不受时代、业种和规模左右的基本题目（人和组织）分出好几页来进行阐述，对企业成长的原点和源流做一探索。这不仅是一本关于经营的书，我希望年轻的公司职员、正在抚养子女的年轻妈妈也能够读一读。我想通过小嶋千鹤子女士的生活方式为大家提供一个人生的处方或指针。

不管在工作中还是生活中，拥有目标、进行挑战、学习、积极思考等都是非常重要的。

我想让管理者和今后立志经营事业的人重新思考一下自己经营

志向的高度。自己如何定义“公”是能否自我成长的关键。“公”大的公司汇聚优秀的人才、培养优秀的人才，相反，“私”大的公司汇集“私”大的职员，他们不会有任何成长。关于这点，我表达的时候改变了方式，因为这是一个只有管理者才能做到的根本性问题，好比建筑的根基。

从时间轴来看，经营横跨现在和将来。今天发生的事情是过去决定的结果，解决今天的问题的同时，必须做出对明天的决定。

今天，我们正遭遇空前的经济危机，唯有“人”能够跨越过去。不管等待最高层指示的有多少人，他们也只能算作一个人。只有将危机当做自己的事，站在当事人的立场、拥有思考能力的职员才能决定成败。

找到新顾客、创造新顾客的是“人”，完成革新的也是“人”，能担保对明天决定的也还是“人”。将“金钱”和“纸片”当做商品飞来飞去的社会真的幸福吗？实体经济的反义词是什么呢？企业的社会责任是什么呢？现今我们思考着许多许多。

我希望日本的很多企业都能够克服困难，然后说：“曾经，公司是育人的场所。”这是我对社会的期望，也是对社会培养了我的感谢。

最后，借此机会，我向与自己颇有缘分的全面支持这次策划的Sony Magazines股份公司的伊藤刚主编、在百忙中给予大力协助的笹山薰先生以及最为挑剔、细致的藤田正明先生表示衷心的感谢。

2009年2月东海友和

科学出版社

科龙图书读者意见反馈表

书　　名 ________________________

个人资料

姓　　名：__________ 年　　龄：__________ 联系电话：__________

专　　业：__________ 学　　历：__________ 所从事行业：__________

通信地址：________________________ 邮　　编：__________

E-mail：________________________

宝贵意见

◆ 您能接受的此类图书的定价

20 元以内□　30 元以内□　50 元以内□　100 元以内□　均可接受□

◆ 您购本书的主要原因有(可多选)

学习参考□　教材□　业务需要□　其他__________

◆ 您认为本书需要改进的地方(或者您未来的需要)

____

____

◆ 您读过的好书(或者对您有帮助的图书)

____

____

◆ 您希望看到哪些方面的新图书

____

____

◆ 您对我社的其他建议

____

____

谢谢您关注本书！您的建议和意见将成为我们进一步提高工作的重要参考。我社承诺对读者信息予以保密，仅用于图书质量改进和向读者快递新书信息工作。对于已经购买我社图书并回执本“科龙图书读者意见反馈表”的读者，我们将为您建立服务档案，并定期给您发送我社的出版资讯或目录；同时将定期抽取幸运读者，赠送我社出版的新书。如果您发现本书的内容有个别错误或纰漏，烦请另附勘误表。

回执地址：北京市朝阳区华严北里 11 号楼 3 层

科学出版社东方科龙图文有限公司经营管理编辑部(收)

邮编：100029